高原

张旭 汪诘 著

北京时代华文书局

图书在版编目（CIP）数据

高原 / 张旭，汪诘著 . -- 北京 : 北京时代华文书局，2021.7
ISBN 978-7-5699-4177-7

Ⅰ . ①高… Ⅱ . ①张… ②汪… Ⅲ . ①长篇小说－中国－当代 Ⅳ . ① I247.5

中国版本图书馆 CIP 数据核字（2021）第 091442 号

高 原
GAOYUAN

著　　者 | 张 旭　汪 诘

出 版 人 | 陈　涛
策划编辑 | 高　磊
责任编辑 | 邢　楠
责任校对 | 张彦翔
装帧设计 | 孙丽莉　段文辉
责任印制 | 訾　敬

出版发行 | 北京时代华文书局 http://www.bjsdsj.com.cn
　　　　　北京市东城区安定门外大街 138 号皇城国际大厦 A 座 8 楼
　　　　　邮编：100011　电话：010-64267955　64267677

印　　刷 | 三河市兴博印务有限公司　0316-5166530
　　　　　（如发现印装质量问题，请与印刷厂联系调换）

开　　本 | 787mm×1092mm　1/16　印　张 | 14　字　数 | 201 千字
版　　次 | 2021 年 8 月第 1 版　　印　次 | 2021 年 8 月第 1 次印刷
书　　号 | ISBN 978-7-5699-4177-7
定　　价 | 49.80 元

f(x)= **目录**

写给每一个热爱地球的人！

内文插图：苑雨桐

第一章

异族爱恋

1

汪若山后来觉得，人生果然无常。

如果说生死是常人会面临的最极端的无常，那他所面临的接下来的人生，恐怕比生死还要极端，从根本上颠覆了他所拥有的一切。事到临头那种震惊，让他觉得死了也就了了，死反而是一桩让人解脱的小事。当然，这只是一念间的感受，总的来说，他个性坚毅，即使心灵遭到重创，思绪一时紊乱，事后也会在内心深处"力挽狂澜"，奋然矫正自己，回到主宰自己人生的轨道上来。

35岁大约处在人生的分水岭，不能说年轻，也不能说还有大把时光，但你若一点成绩没有，那也必须奋起直追了。这个年龄的人具有一定的人生经验，具备了较为稳定的"三观"，这是个好的基础。汪若山便是如此，他正好35岁。与大多数人印象中的理论物理学家截然相反，汪若山不是"宅男"，他热衷户外运动，皮肤呈健康色，有发达的肌肉和粗重的气息，面部轮廓线条硬朗，但一副金丝眼镜又使他生出几许知识分子的气质。这种杂糅的气质，让他整个人具有一种坚定的魅力。每当有新学生对汪若山的外表表现出诧异时，他总会让这位学生去信息中心查阅一下他们这门学科的鼻祖薛定谔的人生经历，即便是在如此遥远的过去，理论物理学家的人生也可以是浪漫的。

汪若山在高原大学教书。相比于教学，他更喜欢一个人在数学迷宫中探索，就像学校墙壁上悬挂的科学家画像中的牛顿一样。大学里的氛围并不好，学生和他不在一个世界里。他自己超然于世外，在理论物理的世界里邀游了很远很远。

不巧，汪若山的这节课恰好是午后，烈日当空，天花板上的六个吊扇飞速旋转，却没有带来多少凉意。学生们大都萎靡不振。汪若山不得不以提问的方式，引起大家的注意。

"我想请一位同学作答：火箭为什么能摆脱地心引力冲向太空？"汪若山问道。

同学们呆坐原地，无人举手。

汪若山皱起了眉头。

"根据牛顿第三运动定律：任何一个力都会产生一个与之相反、大小相等的反作用力。"坐在第一排居中的一个大眼睛的女生如是说。

"嗯，接着说。"汪若山示意她。

"火箭向下喷出气体，当这些气体受到向着地心的力时，火箭就受到了与地心引力方向相反的力。于是，火箭就升空了。这个速度如果够快，它就能摆脱地心引力冲向太空。"

"很好！牛顿第三运动定律还告诉我们一个残酷的推论：在没有外力的帮助下，宇宙飞船想要获得加速度，就必须向外喷出有质量的物质。在太阳附近，或许还可以借助太阳风的外力来加速飞船，但是一旦飞到柯伊伯带，太阳风就基本消失了。所以，想要继续获得加速度，或者想要在接近目标时减速，这里我要说明一下，减速的本质就是反向加速度。从我们曾经掌握的原理上来说，唯一的办法只能是通过减少飞船的质量来实现，说得通俗一点就是：必须喷出东西。"

"那么问题来了。"大眼睛女学生又说话了，"这样一来，星际航行就存在一个悖论。因为飞船加速、减速都要损失质量，所以，想要获得更长时间的加速，飞船的起飞质量就必须更大。但问题是，起飞质量越大，就需要耗费越多的能量来加速。"

"说得好。"汪若山点头赞许，"化学燃料的火箭研发就是在这个悖论的制约下遇到了瓶颈，我们加的燃料越多，飞船的质量就会越大，这些燃料实际上都消耗在了给燃料本身加速上。更加悲剧的是，根据数学计算，飞船的整体质量越大，有效载荷所占的比例就越小。也就是说，飞船造得越大越不划算。"

"那怎么办呢？"女学生问。

"有人发明了离子发动机，这种发动机喷出的东西是微小的高能粒子，粒子质量很小，发动机可以持续喷出，不会像化学火箭那样喷出气体，没多少分钟就喷完了。但离子发动机的缺点就是，由于喷出的物质质量太小，因此能提供给飞船的反作用力也太小，没法提供很大的加速度。在太空中长距离巡航时，离子发动机能发挥作用，但想要在起飞阶段在太空中突然加速，就力不从心了。"

"要是能把粒子发动机喷出的粒子加速到无限接近光速呢？"

"粒子加速到光速，在理论上可以给飞船提供很大的加速度，满足星际航行的需要。但难点在于，由于能量守恒定律，要把粒子加速到接近光速，就需要耗费非常巨大的能量。这些能量从何而来呢？还是悖论，想要储存能量，就只能增加飞船的质量，而飞船的质量又会成为飞船加速的最大阻碍。"

"所以，想要突破星际航行技术的关键问题就在于如何用很小的质量获得巨大的能量。"

"你很聪明。我们现在能够利用核能，但核能还不够。人类目前已知的产生能量最高效率的方式是正反物质对撞湮灭，可以做到百分百的质能转化，一点点微小的质量就能爆发出惊人的能量。"

"反物质从何而来呢？"

"这是问题的关键。正物质遍布宇宙，而反物质则极为稀少，在宇宙中收集反物质粒子效率太低。而如果人造反物质，则又要消耗巨大的能量。诸位刚开始学习量子力学，它不简单，它给人类打开了一扇门，也许能不消耗能量就可以获得反物质。"

"如何办到呢？"

"具体说来，真空并不是完全真空的，从微观层面来看，真空就像是一个沸腾的海洋，充满了量子涨落。无数的正反粒子会在瞬间凭空产生，又瞬间互相湮灭。假如我们能够成功预测正反粒子产生的时间和位置，在它们产生的那一瞬间，将正反粒子分开，就等于在真空中捕获到了反物质。"

汪若山言及至此，下课铃响了。

"好了，今天先讲到这里。"汪若山从不拖堂，哪怕一分钟他也不拖。

同学们收拾书本。汪若山的眼睛落在了刚才回答问题的女生身上。

而此刻，她也望着他。

她叫刘蓝，是物理系的系花。

刘蓝经常挑战她的老师汪若山，故意引起他的注意。

汪若山刚想表扬刘蓝，刘蓝却抢先一步说话了。

"相比较科学而言，我更喜欢哲学。"刘蓝俏皮地说。

科学和哲学谁更胜一筹的问题，汪若山并不关心。但问题是刘蓝是系里专业成绩最好的，她却说自己喜欢哲学。

"哲学是认识世界的一种思维方式，自有它的道理。"汪若山说，"我也曾对柏拉图和康德喜爱有加。但当我看到哲学家罗素的话'哲学只负责思考问题，不负责解决问题'时，我突然想明白了，哲学的研究领域最终都会被科学一一接管，因为人类需要解决他们所面临的问题。就好像高原现在面临的终极问题我们只能依靠科学去解决。人类终将发现主宰这个世界的不是上帝，而是自己。我们主宰世界的工具就是科学。科技越向前发展，人类就越接近'上帝'。"

"我倒是认为，它们分管不同的领域。科学不是万金油。我是谁？我从哪里来？我到哪里去？我不认为科学能解决'哲学三问'。况且，哲学会使人安心，但科学会吗？"刘蓝挑战着他。

"人类需要确定感。科学会带给人确定感。"汪若山被问得愣住了，但他很快又摆出了这番道理。

"您所研究的量子力学也是这样吗？"

汪若山不禁笑了。他当然知道量子力学的不确定原理。公元1927年，德国物理学家海森堡提出了"测不准原理"，后来，这个原理又被进一步发展成量子力学的第一原理——"不确定原理"。

"在量子的世界，虽然没有确定的状态，但有确定的概率。我们依然可以用数学公式精确地预言一群粒子的总体位置和状态。"汪若山道。

"那单个粒子不还是预言不了吗？"刘蓝也笑了。

汪若山微笑，没有回答，因为他陷入了沉思。刘蓝的这句话让他瞬间忘掉了周围的环境，重新掉入数学迷宫中。他正在研究的课题正是要抓住那些转瞬即逝、在量子涨落中似乎完全随机出现的反物质粒子。汪若山相信在随机性的背后隐藏着更深层次的确定性。

"老师您加油！那我去听歌剧了。您也不妨亲近亲近艺术，那又是一个使人获得安慰的领域。不过……看您如此钟爱量子物理，我感到很放心……不，很开心！"

说完，她眨了眨眼睛，转身走掉了。

汪若山望着她离去的背影，直到那背影快从视线中消失才回过神来。刘蓝这话像是话里有话，放心？她放什么心？

他摇了摇头，蓦然觉得，有学生挑战他，他倒觉得教学变得有些意思了，竟一时感到舒心起来。

使汪若山更为舒心的是，这是本周的最后一堂课，他计划周末去山区旅行。如果不是所有的海域都被军方接管，民间航海遭到严厉禁止，汪若山其实最想做的事情是航海，这是他儿时的梦想。童年的他，看着世界地图，会问老师为什么这个世界的陆地只占了如此小的比例。

每个人都有自己减压的方式。刘蓝是读哲学或是去看歌剧，汪若山是去亲近大自然。他绝不是宅在家里两耳不闻窗外事的那种人。他酷爱跋山涉水，迷恋荒野求生的感觉。他的理想是爬遍高原上的所有山。对此，校长方范曾找他谈话，劝他不要总是去那么危险的地方。校长劝起他来的样子，就像家长担心自己的孩子玩火。而生性自由的汪若山觉得这种劝诫有点可笑。《为师守则》里可没规定教师不许去山区。

"我倒希望学生们也能出去走走，享受大自然的馈赠。"汪若山淡淡地说。

"绝不可能！你还想拉学生一起出去冒险？"方校长瞪起眼睛说。

"好吧，谢谢您的忠告。我会注意安全。祝您生活愉快。"汪若山说完，自顾离开。

他是个不爱争辩的人。一旦发现两人的对话不在一个频道上，他便立刻止语，保持缄默，即便对方是他的领导。他认为这是珍视生命的做法。

方校长拿他没办法。日后汪若山才得知背后大有隐情。对方校长而言，汪若山是极其重要的人。其实，不光是校长，对全世界来说，他都是一个极其重要的人。

只是，此刻的他，显然是毫不知情的。

于是，他收拾好行囊，出发了。

2

喜马拉雅山脉是全世界平均海拔最高的山脉。根据资料记载，这里曾经终年白雪皑皑。但是现在，汪若山骑马伫立山冈上，微风拂面，青草芬芳，甚感惬意。这里没有夏天的热情，没有秋天的凄美，更没有冬天那样的伤感，只有饱含希望的春天。望着远方的山峦亘古地纵横在极目之处，天空中出现一个黑点,是鹰,它在展翅翱翔,背景是湛蓝的苍穹,散发着令人顿生朝拜之心的光芒,仿佛人死后就会归往那里,灵魂安住。

"曾虑多情损梵行,入山又恐别倾城。世间安得双全法,不负如来不负卿。"

不知为何,面对如此人间仙境,坚持唯物主义的汪若山,脑海中却偏偏飘来这几句诗词。

一只岩羊身轻体健,灵活敏捷地穿梭于悬崖峭壁间,如履平地。它在觅食。汪若山行至山崖下,望见了它。他摘下帽子,用手拭去额头的汗珠。红色的冲锋衣在青色的岩石间非常显眼,憨傻的小岩羊因好奇而靠近了他。

汪若山友善地看着这只正在关注自己的岩羊,他知道岩羊性喜群居,一般几十只一起活动,此刻它显然是脱离了羊群。从体态上判断,它应该刚出生不到半年,尚是幼崽,对突然造访的汪若山毫无防备之心。

汪若山下了马,从背包里拿出一袋早餐奶,倒入下凹的岩石处,引这只岩羊靠近。小家伙果真是贪吃的,只见它跳跃而来,凑到汪若山身边,用鼻尖轻轻嗅着那一汪奶水,然后小舌头试探性地舔了一下,于它而言,这牛奶太过美味,它便头也不抬地将奶一舔而净。

汪若山抬头眺望羊群,羊群已经走远。

"你该回去找爸爸妈妈了。记住,以后不要离群单独行动,万一遇到猛兽你可就惨了。"对待动物,汪若山反而有话要说。

小岩羊好像听懂了汪若山的话,乖乖转身离开,跳出几步后似乎又有些不舍,它回头看了看他,好像在答谢他刚才的款待。他摆摆手跟它道别,它却突然抬头望见远方,骤然紧张起来,转身逃跑了。

汪若山望着岩羊注目的方向,看到了一个正在疾驰的骑手。

骑手正在穿越牛羊群,似乎有急事要办,因而速度飞快。模样粗野的牧人正在慢吞吞地驱赶那些牛群和羊群。牛羊群堵死了路,骑手在牲畜群中团团转,不一会儿,似乎没了耐心,瞅准一个空隙,纵马向前冲去。

汪若山朝羊群小跑过去，凑近了，才看清楚那骑术高明的骑手居然是个姑娘。她身姿矫健，穿着蓝色高领棉布上衣、紫色纱长裙，红色丝带系于腰间，长发随风飘扬，怎一个飒爽了得。

粗野的牧人由于常年在外放牧，风吹日晒，面皮仿佛皲裂的树皮，神情庄重，缺少表情，然而他们此刻一改平时冷漠的样子，对这位亮眼的美少女投去惊艳的目光。

牛群被奔马惊到，哞叫起来。

姑娘眼看就要陷入一片蛮牛之阵，她正被一大群身强体壮、犄角粗粝的公牛裹挟着往前涌动。能看出她平时对放牧有一定程度的熟悉，所以眼下的处境并未使她过分惊慌。她瞅空子驱马前进，想尽快开出一条突出重围的路。但不巧的是，一头公牛的犄角刺伤了姑娘那匹马的肋部，吃痛的马前蹄腾空而起，发狂地喷着鼻息，气急败坏地左蹦右跳。骑术稍逊的骑手在这种情况下，休想在马背上坐稳。

她几乎跌落，只好放低重心，身体紧贴马背，双手抓牢缰绳，稍有闪失就有可能摔在地上，被成群的奔牛无情踩踏。

纵然骑术不错，但面对如此凶险的突发状况，她还是受困心惊，手中的缰绳眼看就要脱手。

千钧一发之际，一只有力的大手突然伸了过来，揽过姑娘的腰际，将腰肢轻盈的她用力架起，移拽到了另一匹马上，姑娘顺势抱住前者的腰，很快，他们突出了重围。

不多时，牛群终于散去，姑娘的马儿孤零零地站在原地，还好，它只受了轻伤。

"谢谢！"她望着他的后背道。

"没受伤就好。"他微笑起来。

阿玲重新骑上了自己的马，他们坐在各自的马上交谈起来。

"你叫什么名字？"

"汪若山。"

"有山有水，和这里的地貌一样，是个好名字。"

"你呢？"

"我叫李玉玲，叫我阿玲就好。"

"李玉玲？你爸爸是不是在山区商界威望很高的李克？"

"你认识他？"

"当然认识。年初我来这里，狼群袭击了他的商队，我恰好路过。"汪若山用右手拍拍挎在肩上的猎枪说，"我给大伙解了围。你父亲还邀我同行了一段路程，他跟我提到了他的宝贝女儿。"

"啊啊，这么巧啊！"阿玲笑了起来，她的笑容单纯而率真，"原来救我爸爸脱离险境的就是你！我听他说起过，说你英勇果断、胆识过人。"

"没想到今天又遇上了他的女儿。"汪若山望着眼前的阿玲，她那杂糅着纤柔和野性的身姿，以及明眸善睐的神情，一时间几乎使他无法直视。

"有空去我家坐坐吧。我爸爸得好好谢谢你，要是我被牛群踩伤，他得多伤心啊！"

"我也会伤心。"

"你？"阿玲笑了起来，"你为何伤心呢？咱们又没什么关系。"

汪若山闻言，略感失意。阿玲显然看出了这一点。

"哈哈，我不是那个意思，你当然是我的朋友啦，谢谢你的关心。记得有空来看我和爸爸。"阿玲用马鞭指着一个方向道，"我们住在那边雪山脚下的一片房区。现在我要走了，帮爸爸去药房取药。"

阿玲说完，便调转马头，举鞭一挥，沿着大路飞驰而去，身后留下滚滚红尘。

汪若山望着她绝尘而去的身影，内心不禁投石起澜。日复一日的教学和科研，死气沉沉的生活，什么时候才能改变？美丽姑娘犹如山间的清风，清新怡人，吹进他的心田，撩拨得他那原本桀骜压抑的心难以自持。他蓦然意识到，自己正在面临人生中的关键时刻。学校也好，科研也罢，都不如这件刚发生的事情重要。他心中萌动起一种异样的情愫，揉进了意志坚强的男人所具备的那种激情。他暗暗对自己说：不能视而不见，要抓住机缘，要志在必得。

在想到姻缘之事的时候，他的脑海里飘过培根的一句话："妻子是青年时代的情人，中年时代的伴侣，暮年时代的守护者。"

他觉得自己终于遇到了这样的情人、伴侣和守护者。

天空落下几滴雨水，他伸手试雨，雨迅速大了起来。不多时，他便被冰冷的雨水淋成了落汤鸡，但他丝毫也不在乎，他的心里是热热的。

3

回到学校起初的几天，汪若山魂不守舍；过了两天，就更魂不守舍了。

上课的时候，他在黑板上写出一个方程式，写完后，他捏着粉笔的手停在那里，盯着这个方程式整整一分钟，既没有什么其他动作，也没有说什么话。

同学们发现平日里侃侃而谈的老师状态明显不对，不禁窃窃私语。

"汪老师，您是不是想到了如何计算单个粒子的涨落变化？"坐在第一排居中的刘蓝抿着嘴笑着说。

同学们朝刘蓝望过去，又望向汪若山，窃窃私语的声音更响了。

汪若山回过神来，转身面对大家，尴尬了三秒钟，清了清嗓子，开始讲解这个方程式，状态恢复了，好像什么都没有发生过。

汪若山的科研助手高帅对此颇为打趣了一番。

"汪老师，您最近憔悴了。"高帅在洗手间里说。

"哦？是吗？"汪若山望了望洗手台镜子里的自己，摸了摸脸颊，发现忘记刮胡子了，于是他拿起池边公用的一次性剃须刀，剃起胡须来。

"衣带渐宽终不悔，为伊消得人憔悴。"高帅摇头晃脑吟诵起来。

"什么？"汪若山没反应过来。

"我懂你。"高帅坏笑着说。

"懂我什么？"

"你正在为一件事进退两难。"

"我不懂你。"

"身为教师，前辈鲁迅不也师生恋吗？没什么大不了的。哪有那么多的清规戒律？我支持你！"

"什么啊？有话直说，别拐弯抹角。谁师生恋了？"汪若山差点用剃刀刮伤下巴。

"刘蓝啊！"高帅说完又觉得声音有点大，连忙捂着嘴调小音量道，"你的学生，刘蓝，她喜欢你，你也中意她。"

"没有的事！"汪若山瞪着眼睛正色道。

"否定的声音越大，背后越有隐情。说实话，我羡慕你。你还单身，拥有无限可能。而我已经被套牢了。"

"你有家庭，你应该感到心里踏实。"

"踏实？那要看找到一个什么样的老婆了。"

"弟妹不是挺好的吗？"

"我们成天吵架。她总是嫌我这个嫌我那个。"

"你应该让着她。"

"让也要分人。照这么让下去，说不定哪天，就可能离婚了。"

"别轻易说离婚。"

"唉，有些情况，你不了解。"高帅似有难言之隐。

"什么情况？"汪若山不明就里。

"以后再说吧。"

"你希望你的老婆是什么样的？"

"我想找苏洵的老婆那样的，程氏。"

"谁？"

"苏洵啊，苏轼他爸爸，程氏是他老婆。说老实话，汪老师在理论物理方面的确是大拿，但文史类，恐怕还得向我多多请教。"

"好，我向你学习。你说苏洵的老婆程氏，她怎么个好法？"

说话间，他们来到学校的食堂享用午餐。食堂是一栋白色的二层小楼，非常简约，内置的桌椅、餐具也都是白色，显得十分干净。

他们一边吃饭，一边就着刚才的话题继续讨论。

"其实在当时，程氏的家族地位要高出苏家很多。"高帅侃侃而谈道，"程家是官宦世家，程小姐的祖父、父亲、兄长全都在朝廷当官，是妥妥的千金小姐。而苏洵，当时不过是一届失意书生，而且还是个不思进取的书生。18岁的苏洵进京参加进士考试，落榜了。回乡后娶了妻子程氏，而后庸庸碌碌，得过且过，没有一点为家庭承担责任的意思。这样的一个男人，但凡是他老婆，一定是三天一大闹，一天一小吵，更何况是家境地位都远胜于苏洵的富家女程氏呢？然而，程氏并没有看不起苏洵，甚至连督促唠叨都没有。相反，她对丈夫只有理解与鼓励。初到苏洵家时，人人都以为她是个娇小姐，要供着过。可程氏却朴实勤劳，善良安分，侍奉公婆，事事亲力亲为，拿得起，放得下。她对待哥嫂，以礼相待，不卑不亢。她从来没用哥哥苏澹和苏涣的成功来讥讽苏洵。当苏洵提出读书无法照顾家中生计的时候，程氏对他说：'只要你立志苦读，家庭生计我来担当。'也许，在别人眼里苏洵是个无名、无财又无官禄的庸人，但程氏始终相信，丈夫并非池中之物，总有一天会出人头地。果不其然，九年后，27岁的苏洵终于爆发了。他幡然醒悟，浪子回头金不换，他沉下心来，闭门谢客，潜心读书，终于成了一代大家。所以呢，每个成功男人的背后，都有一个默默付出的女人。苏洵多年后对妻子深情表白：'昔予少年，游荡不学，子虽不言，耿耿不乐，我知子心，忧我泯没。'这意思是说，曾经的我放荡不羁，你在我身边不曾言语。但我明白你的心意，你是担心我的才华就此埋没。不是每一个妻子都有接纳丈夫缺点的胸襟，只有格局远大的女人，才能站在另一半的角度，抛开世俗冷眼，保护他的才华。不拘于一时得失，选择相信与支持，最终成就了丈夫的人生高度。"

"哈哈哈，快收起你的高谈阔论吧！"汪若山不禁大笑起来，"自己没有做好，怎么能指望别人呢？我倒是有个观点：你想找什么样的人，你就应该首先成为什么样的人。"

说话间，汪若山不禁想起阿玲策马奔腾的样子，那种洒脱，那种浑然天成的率真之美，使他想入非非。他想象着两人一起策马奔腾，潇潇洒洒，共享人世繁华的样子，不禁又走神了。

"喂！"高帅用手在汪若山眼前晃，"汪老师还是先别教育我了。坠入情网的人实在是没救。"

"不好意思。"汪若山回过神来，"突然想起一些事。"

"您是想起一个人吧？"

"保密，八字还没一撇。"

"我的好奇心已经喷薄而出了。"

方校长此刻恰好路过，他要去二楼校领导专用的包间用餐，看到一楼大堂里的汪若山，便走了过来。

"若山，我们要再加把力，项目能不能有突破，最关键的还是在于你的理论能不能有突破。上周，上面派人来调研，特地询问了项目的进度。上头似乎希望我们团队能封闭一段时间进行头脑风暴，争取早日成功。我总有种有大事即将发生的感觉。"

"知道了。"

"周末你又要去爬山吗？"

"我要出去一下。"

"好吧，需不需找个搭档跟着你？"

"谢谢您，不用了。"

方校长听闻，转身离开，走了几步又回头叮嘱：

"你可注意安全！"

"好的。"

方校长体形肥胖，体重起码有180斤，去二楼的台阶有30级，走完最后一个台阶，他额头上渗出了细细的一层汗。

"方校长对你可不一般。你是不是走后门来的这所学校？"高帅望着方校长的背影道，"我估计他对他儿子顶多也就这样了。"

"他不是关心我，是关心咱们的科研项目。我很奇怪，反物质研究怎么在他眼里这么重要，还有上面，已经不止一次派人来专门调研，有更多的值得研究的应用技术他们不下功夫，倒是天天盯着我。"

"有传闻说上面正在筹划建设新一代宇宙飞船，瓶颈在引擎，传统的核聚变离子引擎加速度太小。在脱离地球的引力阶段，还得靠笨拙的化学火箭帮忙。我倒是觉得，向天上发展不如向地下发展更现实。地底下的事情还没完全整明白呢。"

"我倒是能理解上面的想法，毕竟，地球是摇篮，我们总有一天要离开摇篮的。周末我要出去一趟，回来以后我把自己关一段时间，看看能不能进入心流状态。"

4

汪若山迫不及待地想再次见到阿玲。还好，周末又到了。

他租好马匹，驮了些从购物大楼里采购的礼物，就出发了。

路线已经熟悉了，打远就看见一片白色的房区，他走近后下了马，正在搬挪礼物，就听见身后那个熟悉的声音。

"你怎么才来？爸爸在等你。"

一回头，正是阿玲，她背着手，斜站在那里，一双忽闪忽闪的大眼睛犹如一汪深湖。

汪若山不禁露出了灿烂笑容。

"有阵子没见啦！"李克身着民族服饰，面色红润，声如洪钟，只是鬓角增添了几缕白发，却不失为一个精神矍铄的中年汉子。他热情道："索罗图，快给客人上茶。"

索罗图是李克的助手，从李克白手起家，他就是忠心耿耿的帮手，现在李克发达了，大家过上了好日子，但他依旧淳朴憨厚。

索罗图端上了热茶和点心。四人热络地聊了起来。

"这茶可真不错！"汪若山喝了一口茶，觉得浓香四溢。

"你喝的茶是我们生产的。我在方圆百公里有22座茶山。除了茶叶，我们还生产瓷器。"李克说。

"您在山区经营着两种最好的买卖。"

"山区光照条件好，日夜温差大，降水充沛，排水条件又好，很适合大叶种茶树的生长，收成不错。再加上我们特殊的发酵工艺，茶香怡人，所以销路很好。你在城里喝的茶，有一半都是我们这里生产的。"

"真好。那瓷器呢？您是怎么想到生产瓷器的？"

"呵呵，这个就让索罗图来给你介绍吧。他打理瓷器生意。"

"我以前是个炼金术士。"索罗图笑着说。

"有不少化学家是从炼金术师起家的。"汪若山也笑了。

"当然，炼金是不靠谱的。我们都知道陶器显然是落伍了，而瓷器的价值几乎比得上白银。我们发现了高岭土。把炉温提高到1400℃，烧出来的瓷器光彩照人。"说着，索罗图拿起一个精美的瓷茶壶递给汪若山。

他接过来看，的确做工精美，上釉考究，壶身印有一个野牛的图案。

"这个图案有什么含义吗？"汪若山问。

"这是当地部落的图腾。"李克说，"尼鲁是部落首领，他的势力很大。我们做生意收入的挺大一部分都要交给他。他声称保护我们，但苛捐杂税比强盗还可怕。他这个人，对待异己，经常动用私刑甚至暗杀。我纵然是个成功的商人，有钱，也有地位，但和他打起交道依然很不愉快。呵呵，不说这些不愉快的了。你上次说你在做科学研究，是研究什么呢？"

"理论物理，确切说是量子物理。"

"你们科学家研究的东西我搞不懂，这个东西研究出来能做啥？"李克说。

"比如说，你们现在要把炉温提高到1400℃是不是需要十几分钟？燃料成本不低，温度控制也挺麻烦，对不对？我要做的是，找到一种东西能够让炉温在千分之一秒内达到这个温度，而且可以精确控制。"

"那么厉害！知识真是不得了。我对有知识的人很钦佩。我们只是做些生意，无非是为了钱。但你们在研究这个世界的谜底。这个世界最终是被你们这些有知识的人推着走的。"

李克虽然从商多年，城里也去过几次，但每次都很匆忙，其实他对那些"外来人"了解得并不多。汪若山向他介绍了自己的大学，又以浅显的语言讲解了自己正在研究的项目。他的讲述很生动，不仅做父亲的爱听，阿玲也爱听。李克对汪若山赞不绝口，碰到这种情况，阿玲则一声不响，但从她泛起红晕的脸颊和闪着幸福之光的明亮的眼睛里，可以清晰地看到，她那颗少女的心，已不复属于她自己了。李克也许没有注意到这些征象，但这逃不过汪若山的眼睛。

他们相谈甚欢。阿玲向父亲提出带汪若山出去走走。

父亲欣然同意。

他们在草原上策马奔腾，那一刻的美好，恨不得永驻，然而美好的时光总是倏忽飞逝，很快就到分别的时候了。他们拉着马儿，边走边说。

"我要走一阵子。"汪若山说。

"很久吗？"阿玲问。

"我不要求你现在就和我走，但是，我下次回来的时候，你愿意跟我走吗？"

"什么时候？"阿玲红着脸问。

"两个月。到那时，我会来向你求婚。"

阿玲咬着嘴唇点点头。她大约从未如此羞涩过。

汪若山按捺不住低下头去吻她。

"那事情就这么说定了。我待的时间越长，就会越舍不得离开你。但我必须先走了，去处理一些事情。两个月后见，那时咱们就永远在一起了！"

说着，他松开了抱着她的手，然后翻身上马，头也不回地一路狂奔而去，仿佛生怕再望一眼她，就压根儿不想回城了似的。

阿玲伫立在那里，目送他越来越远，直至消失在地平线上。

她感到幸福，含笑转身朝房区走去。

5

李克听到门闩声音的时候，一转身，看到一个高大的身影。

他的心情本是很好的，这是一个晴朗的早晨，他正打算去茶园走走，却撞上了他最不喜欢的人。

没错，来者是尼鲁。

尼鲁身材矮壮，棕色头发，脚步沉重，腰间还别着一把刀。

李克明白，尼鲁亲自来找他，恐怕是没什么好事。他心里不由得紧张起来。

"李克兄弟，早上好！"尼鲁说话了。

"首领早上好。您亲自前来，有什么重要的事吗？"

"有一件重要的事情。"

"坐下来讲吧。"李克吩咐侍者上茶。

"我一直以来都把你当朋友看待。"尼鲁坐下来说道，"在我的保护之下，你渐渐致富了。"

"是的，这要感谢您。"

"可是你拿什么来回报我呢？"

"保护金，我一分也没有少交。"

"我保证，你以后不用交保护金了。"

"那我要谢谢您。"

"有一个好机会，你和你的家人能被更好的照顾。"

"我和我的女儿彼此照料，我们感到很安心。"

"我要说的正是你的女儿。"

"她怎么了？"

"她长大了，女大十八变。她已经出落成了整个山区里的一枝花，不少有权势的人对她青睐有加。"

听了这话，李克骤然紧张起来，他有一种很不好的预感。

"我听到一些风言风语。有人说，她和一个异族的小伙子打得火热。当然，我是不相信这些流言的。"

"感情的事情，还是应该由孩子自己做主。"

"孩子的选择是任性和盲目的。只有门当户对，才能有更好的未来。"

李克没有作声，摆弄着手里的空茶杯。

"你可别误会，你的女儿还年轻，不能嫁给一个像我一样的老头，可是我还有孩子呢。我不喜欢拐弯抹角。我的儿子尼萨想必你是见过的。他很有才干，将来还会继承我的位置。他很乐意迎娶你的女儿。这可是一桩好姻缘。你觉得怎么样？"

"您得给我们一点时间。"李克心里愠怒起来，眉头紧锁，"她年纪还小，其实还没到结婚的年龄。况且，我还是那句话，这件事要由她自己来决定。如果她喜欢您出色的儿子，我当然会支持这件事。"

"那么，她有一个月思考的时间。"尼鲁开始不耐烦，说话间站了起来，"时间一到，她必须做出回答。"

"这是不是有点太急了？"

"李克，你心里清楚，山区最有权势的人究竟是谁？多少人想攀这门亲都没有机会。固执己见，是没有好结果的！"尼鲁用手掌在脖子上抹了一下，做出威胁的手势。

说罢，他转身走出房门，沉重的脚步声在碎石小径上渐渐远去。

李克手里的茶杯快要捏碎了，他愤愤不已。

他不知道怎样向女儿开口讲述这件事。

"爸爸……"

李克一转身，看见了身后的阿玲。

阿玲的脸上布满了紧张和不安，显然，刚才那些话她都听到了。

"你都知道了？"李克嗓音沙哑。

"我该怎么办呢？"阿玲扶着李克的肩膀说，"这是不可能的事。我有意中人了！"

"别怕！"李克用力捏了捏女儿的手，另一只手抚摸着她乌黑亮丽的头发，"是上次那个小伙子吧？"

"是的。"阿玲红着脸点点头，非常坚定。

"爸爸懂了。他是个好小伙子。明天索罗图去城里办事，我让他给汪若山捎个话，如果你没看走眼的话，他应该会快马加鞭赶回来。"

阿玲听了这话，心里好受多了，但是一转念，又不安起来。

"我听说过一些可怕的传闻，违抗尼鲁的人，下场很悲惨。"

"至少一个月内还是安全的。我刚才并没明确反对他，这也是缓兵之计。"

"接下来您是怎么打算的呢？"

"也许，离开山区，去城里生活是唯一的办法。"

"可是咱们祖祖辈辈都生活在这里。"

"此一时彼一时，为了你的安全，我什么都愿意做。"

"您的茶园和瓷器厂呢？"

"卖掉茶园和瓷器厂。时间是紧了些，但我会尽力安排好的。相比较那些身外之物，家人的安危和幸福，才是重要的。山区被尼鲁统治，情势一天不如一天，我不止一次萌生离开的念头了。所有人都对尼鲁这伙人俯首帖耳，我可做不来。我在任何人面前都不想低三下四。我希望你也是这样，要活得有骨气、有尊严。他要是胆敢强迫你，就让他吃我的子弹！"

"我的好爸爸！"阿玲搂住了父亲的肩膀。

"你别太烦恼，什么也别怕，这件事最终会解决好的。"

李克说这番安慰女儿的话时，语气坚定，但阿玲还是察觉到了当晚的父亲与往常不同。李克在院子外面溜达后，进入房间仔细地插紧门闩，取下了挂在客厅墙上生了锈的猎枪，装上了子弹。

第二章

为爱私奔

1

汪若山和高帅在实验室里忙碌着。实验室设施完全不是大学的水平，而是国家级科研机构的水平。环境舒适，相比较其他领域的科研人员而言，有点超标了。对此，汪若山多次要求和大家保持一致，但校长方范却坚持如此安排，并一直强调，量子物理学这一块极其重要。

"这种特殊的安排，我承受不起，在其他同事面前很不好意思。"汪若山正随手翻阅着一个破旧的笔记本。

"您可别总是想象自己应该苦命。我们没必要追求吃苦。苦往往会不请自来的。"高帅总结道，"依我看，人哪，别饿着，别困着，别冻着，就可以开心了。"

"我有记日记的习惯。我在翻旧日记本，看到16岁时写的日记。有一篇看了挺感慨。"

"我能拜读一下吗？反正等您出名了，日记都是要出版的。"

汪若山大方地把日记本递给高帅。高帅接过来看，笔迹稚嫩，那一篇是这么写的：

5月15日，晴

今天，我的心情很平静，我想到我应该梳理一下自己的一些想法。首先，我觉得我们这些来到尘世的人很奇怪！每个人来到世上都只是匆匆过客。目的何在？无人清楚。虽然有人时而会有所感悟，但我听了总觉得好像不够透彻。我认为，我们是为其他人而活着的。其实，其他人的欢乐与安康与我们自身的幸福息息相关。是同情的纽带将素昧平生的命运联系在一起。我每天都会意识到，我的物质生活和精神生活很大程度上建立在他人的劳动成果之上。你去学校，有老师教你；你去餐厅，有厨师和服务员为你服务；你走到任何地方，都在享受他人付出的劳动。这些人，有的健在，有的故去。对于我已经得到和正在得到的一切，我必须尽全力做出相应的回报。我渴望过饱受磨砺和简朴的生活，我相信，这对每一个人的身心都是有益的。

每个人的行为，不仅受制于外在的压力，还受限于内在的需求。叔本华说："人虽然可以为所欲为，但却不能得偿所愿。"我想，对于磨难中的人来说，这句话是能够带来慰藉的。这是宽容的源泉。

从客观角度来看，探究一个人自身存在或一切创造物存在的意义或者目的，似乎是愚蠢的。但是，每个人都应该有一定的理想。这些理想决定了他的奋斗目标和判断方向。在这个意义上，我不会将安逸和享乐视为终极目标。以安逸和享乐作为目标，那是猪群的理想。

一个幸福的人对现在感到太满意，就不可能对未来思考太多。年轻人应该投身于大胆的计划。一个严肃认真的青年，一定要对自己所渴望的目标形成尽可能明晰的想法。如果运气好，我将考上一所名牌大学，我将在那里学习四年数学和物理学。我想成为自然科学分支专业的一名老师，我会选择其中的理论部分。促使我制定这个目标的是这样一些理由：我个人倾向于抽象思维和数学思维，我缺乏想象力和实践能力。人们总是喜欢做他具有天赋的事情，这是十分自然的。另外，科学事业往往存在一定的独立性，那也正是我非常喜欢的。

"我发现您打小就是个奇人。估计这辈子结束，也就成了传奇。您似乎完全践行了您16岁时的计划。"

"我是感慨，人们小时候总是知道自己在干什么，现在的我已经没了日记里那种壮志。那时候的心地可谓纯洁。"

"我看您现在也没有心地不纯洁。那么漂亮的女学生追求您，您不为所动。"

"不瞒你说，我已经心有所属了。"

"哈哈，给我看看照片！"

"等尘埃落定再说。"

2

一部歌剧的最后一个音符停息，台下爆发出经久不息的掌声。

"汪老师，看完这部歌剧，您有什么感想？"刘蓝问。

"演员演得很好。"汪若山说道。

"对整个故事呢？您怎么看？"

"根深蒂固的思想，有时候是害人的。贾宝玉的家长就有根深蒂固的思想。他明明喜欢林黛玉，却被家长安排娶了薛宝钗。表面上来看满足了家长的希望，但却深深地伤害了当事人，使他们三个人最终都不得幸福。"

"换作是您呢，喜欢林黛玉还是薛宝钗？"

"我想到了爱因斯坦。"

"什么？"

"爱因斯坦说，上帝不掷骰子。他相信确定性，这是他根深蒂固的思想。这个思想使他后半生的成就大打折扣。"

"您讲话转折得可真快！是说那场著名的论战吧？"

"是的，那场论战，爱因斯坦输了。而他原本是量子力学的创始人之一。"

"波尔后来居上。"

"是的，他的哥本哈根诠释，比如不确定性原理、波函数坍缩原理，现在已经成为量子力学的正统解释。爱因斯坦极为反对哥本哈根诠释中的那些模棱两可的解释。他认为这些解释是不完备的，之所以量子看起来是随机的，那是因为我们还没有掌握其中的未知变量，就好比掷骰子的时候我们不知道骰子抛出去时的参数，一旦我们掌握了这些变量，那么量子就不再是随机的了。基于这个思想，爱因斯坦试图建立一个新的量子力学理论，但后来这被证明是错的。"

"嗯，他根深蒂固的'确定性'思维，使他站错了队。"

"所以人应该永远保持反思。"

"但一个人总不能一直成功下去吧？爱因斯坦的成就已经够得四次诺贝尔奖了。"

"当然，人无完人。"汪若山站在剧院门口，望着散场后空荡荡的座席说，"你学了这么久，都快毕业了，你现在怎么看量子力学呢？"

"我曾经想，如果拿一个苹果，把它切成两半，把其中一半再切成两半，如此持续地切下去，最终会得到什么？"

"或者你可以换个说法。例如，以不断靠近的方式观察一个苹果，发现万物都是由一套共同的积木——我们称之为元素，或者原子——排列组合而成。但是我们不满足于此，我们还将继续靠近这些积木，看看它们是不是由更小的东西组成的。最终揭露出来一个由许多稀奇古怪的粒子所组成的世界。"

"那您怎么看待这个世界呢？"

"这个世界的景色从诸如苹果之类的日常可见之物开始，逐渐延伸至难以想象的荒野边缘。"

"这个世界有尽头吗？"

"我不知道这个世界有没有尽头，无法分割的粒子是否存在。但我相信我们会在相当长的时间里一直朝更微小的世界航行。这个时间也许能长到我们人类毁灭的那一天。"

"人类会毁灭吗？"

"比起人类将雄霸宇宙来说，我更愿意相信人类只是无限宇宙中的沧海一粟。"

上述这番对话，发生在周末的晚上。G城大学校庆，上演了一部由学生演出的歌剧《红楼梦》。

事后，刘蓝与高帅又有一番对话。

"刘蓝，你的想法我知道，你对他挺有意思的。"

"有意思也没办法。我问他喜欢哪种女生，他却和我聊爱因斯坦。"

"哈哈哈，你是想说他是个古板的人吗？"

"古板又性感。不知为何，他越是正经就越发性感。"

"据我了解，他表面冷静，内心其实有一团火。"

"一团火？"

"他心有所属了。"

"啊？谁这么幸福？"

"他保密工作做得很好。"

"我以为他一心都扑在教学和科研上了呢。"

"他的心可野着呢，老往外跑。"

"跑去哪儿？"

"山区。如果我没猜错，他的相好就在那里。"

"那我要来不及了。"

"你到底迷上他什么了？"

"说不清，道不明。"

"唉，所以说爱情是盲目的。"

"你和他熟，可得帮帮我。"

"我本人就可以帮你。"

"你有家室啊！"

"马上要散伙了。"

"我才不蹚浑水。"

"他比你大12岁。"

"您比我也大5岁呢。"

"5岁是量变，12岁是质变。"

"杨振宁比翁帆大54岁呢。"

"你这个例子，实在是让我哑口无言。"

"我相信汪老师一定会成为杨振宁那样厉害的物理学家。"

"这我倒不怀疑。"

刘蓝和高帅的此番对话发生在学校的图书馆里。大约是因为校庆的缘故，很多地方都被修葺一新。这座图书馆不大，是一幢白色的三层小楼。阅读区几十张白色的桌子，读者都坐沙发，沙发也是白色，而且总是那么白，好像每天都有人换沙发套似的。沙发坐上去软绵绵的，累了时身子往下一瘫，脖子往后一仰，就能美美地睡一觉。虽然设施很好，但藏书类型比例严重失调。有关生物科技和物理学方面的书籍特别多，但文化艺术类就寥寥无几。学生人数6000人左右，教师近百人，这规模不可谓不大。学校占地面积里有一半都是植被。亭台楼阁，小桥流水，高大的松柏，岸边的垂柳，几十种争相斗艳的花卉随处可见，仿佛一个植物园。徜徉其间使人十分惬意。

"汪老师最近在做什么呢？"刘蓝问。

"在实验室搞研究。"高帅说话间看了看表，"我得回去了，最近任务很重，我们在赶进度。"

"很忙吗？"

"非常忙，但我发现他这两天魂不守舍。我问他为何恍恍惚惚，他又不肯说。眉头紧锁，好像在思考什么人生大事。"

"出什么事了？"

"上周末，有个长相粗野的人来找他，一看就是来自山区。他们在楼下一个隐蔽处交谈了五分钟。回来后汪老师就成了这副样子。他还对我说，接下来无论发生什么事，都不要过分惊讶。他说这话时我可真替他捏把汗。"

"帮我把这个带给他。"刘蓝从书包里拿出一盒漂亮的巧克力，"让他别太辛苦。"

高帅望着眼前的刘蓝，这个漂亮的女学生，身材高挑，面容精致，特别是笑起来非常甜美。她居然这么死心塌地地喜欢汪若山。他心想若是有这样的女生喜欢自己，还不得高兴得一蹦三尺高。

"发什么呆呢？"刘蓝把巧克力的盒子在高帅眼前晃晃。

"汪老师真幸福。"

"我快毕业了。"刘蓝大大的眼睛望着窗外憧憬道，"我毕业后最大的理想就是嫁给汪老师。"

"鸡皮疙瘩掉一地！"高帅作势抖了一下胳膊，伸手接过巧克力说，"我实在听不下去了！好吧，我帮你转交给他。"

"你好啊，李叔！"

隔了几天，李克走进家门的时候，突然听见有人大声问候他。

早起时，索罗图出发去城里了，想到汪若山不久会收到消息，李克的心情原本好了一些。

"你是谁？"李克问来者。

"尼鲁是我的父亲。想必你一定知道我是尼萨。"

尼萨的鹰钩鼻十分显著，他肤色黝黑，面堂油亮，似乎一个月没有洗过澡，走起路来身上不明的饰物叮当作响。

李克冷冷地躬了躬身。其实他早就猜到了来者的身份。

"奉父亲之命，我来向你的女儿求婚。"尼萨昂着头，顺手把一个箱子放在了茶几上，他打开箱子，里面是码好的一大笔钱，"这是聘礼。"

"奉父母之命？那你自己呢？你爱我的女儿吗？"李克讥讽地问道。

尼萨没想到李克会突然这么问，有点没反应过来。在他看来，什么爱不爱的，只要是个美女，谁会不喜欢呢？

"我很想娶她。"尼萨一边挖着鼻孔一边说，在这件事上，似乎不会拐弯，更不会委婉，说话直来直去。

事情发展到此刻，李克对尼萨的印象愈来愈差，眼前的这个邋遢的冒失鬼，在他眼里连牛粪都不如，何谈把他心爱的女儿这朵最美的鲜花插上去？

"钱我不要。我并不缺钱。"李克强忍着厌恶和愤怒说，"只要是真心实意，我想我的女儿会接受的。每个人都有决定自己命运的权利，这件事，我当然要征询女儿的同意。你先请回吧。我来问问她。"

"那我过几天再来。"

"下次，你受到邀请，才能踏入这道门。"李克还是没忍住，严厉起来，指着门口说，"如果没有受到邀请，擅自闯进来，万一我看错了，把你当成了贼，枪子儿可没长眼睛。"

"整个山区都是我父亲的领土，我想去哪儿就去哪儿。"尼萨说罢，竟不合时宜地哈哈大笑起来。

李克立刻转身从墙上取下了猎枪，攥在手里。

尼萨看见猎枪，立刻止笑，连忙后退了两步。

"你要干什么？"

"我这儿不欢迎你！"

"你完蛋了！"尼萨红着脸吼了起来。

"那要看谁先完蛋！"李克径直举着枪向前走了两步。

"距离约定的一个月，可没有几天了！我等你的信儿！"尼萨被李克的枪口吓住了，连连后退，临出门前，他撂下这句话。

3

山区的夜晚，格外寂静。

偶有动静，也往往是一些不知名的飞禽走兽制造出来的。你可以说这里的夜晚很安详，但也可以说这样的夜晚很骇人。人们在夜里是不大出来走动的。如果晚间出来，有可能会看到绿油油的荧光斑点在一米左右的高度飘浮，但那可不是什么萤火虫，那是狼的眼睛。下一分钟，瞅见这一幕的人就可能被那些饥饿的狼群撕碎，成为它们的腹中餐。

此刻的李克和女儿阿玲，感觉自己被比狼还可怕的禽兽彻底包围了。

"嫁给他，我宁可去死！"阿玲愤愤地说。

"那个混账东西，我绝不会让他得逞！"李克斩钉截铁地说。

李克知道，接下来的日子不好过，尼萨一定会给予威胁和警告。

第二天一早，李克还躺在床上，迷迷糊糊感到自己眼前有一个物体轻轻地晃来晃去，他蓦然睁大眼睛，惊讶地看到自己鼻尖上悬着一把锋利的匕首，他只稍一抬头，那刀尖几乎要戳中他的眼睛。

李克小心翼翼躲开刀尖，侧身一骨碌爬起来，紧张地四下查看，却看不到一个人影。回头看那匕首，它是被细细的绳子从房梁上悬下来的。仔细一看，匕首的木柄上还刻着一列小字：今天是第二十九天。

李克当然不乏勇气，不惜一切保护女儿，但这种悬在头上的影影绰绰的恐怖气氛，依旧使他不寒而栗。任何能看得见的危险，他都可以坚毅地面对，但是这种不知会来自何处的凶险，却叫他紧张不安。这个日期的提醒，比起任何威胁来，都更加惊心动魄。李克百思不得其解，悬着的匕首是怎么被安在他卧室里的？门窗明明紧闭，苍蝇也飞不进来。他握着匕首仔细端详。这中间可怕的是，要是有人要杀他，完全可以神不知鬼不觉地在他睡梦时将他一刀毙命。一个人纵然再强壮、再勇敢，面对如此诡秘的力量，又能有什么办法呢？

无论如何，李克把内心的恐惧隐藏起来，不让女儿知道，他不想让她感到害怕。然而，阿玲凭借着对父亲的爱，一眼就看出了父亲的不安。

"您的脸色不好，是生病了吗？"吃午饭的时候，阿玲问父亲。

"没有，我身体好得很。你呢？昨天睡好了吗？"李克强装镇定。

"我做噩梦了……"

"梦见什么了？"

"梦见我被尼萨掳走了，将要成为他的妻子，新婚之夜，我将一把匕首刺进了自己的心脏。"阿玲咬着嘴唇道。

李克的心里咯噔一下。这不是个好征兆。

他相信，梦是有所预示的。

"傻孩子，别胡思乱想。"李克安抚道，"不过，这件事我另有考虑。我相信汪若山，但我们也不能把一切希望都寄托在他身上。我今天会出去走走，探探路，也许不用依赖他，我们自己就能离开这里。"

"您要出门？我不想一个人待在这里，尼萨随时会来找我。"

"索罗图陪着你。"

"那好吧，您快去快回。"

当天下午，李克骑马佯装出门办事，才离开房区2千米，就被尼萨的人截住了。

"我要去城里办事！你们想限制我的人身自由吗？"李克大声对几个尼萨的骑兵说。

"有什么事，交给我们去办。"为首的骑兵面无表情地说。

"不必了。我自己去！"

"放你走，尼萨会砍掉我们的脑袋。"

骑兵寸步不让。但李克知道，目前而言，所有的威胁都是有惊无险，因而他想测试一下这些尼萨的手下能干出些什么尺度的事来。于是他就用皮鞭在马屁股上抽了一下，马儿奋力奔跑起来。他预备摆脱这一伙人。

李克御马前行，尼萨的手下却并没有追上来。他蓦然觉得，携女儿出逃，也许不是难事。

砰！一声清脆的枪响，一颗在空气中飞速穿行的子弹似乎击中了哪里。

李克突然觉得自己的身子往下一沉，紧接着便头朝下摔进了草丛里，若不是草垫缓冲了这股撞击的力量，这一下子脑袋上非开一个窟窿不可。尽管有草垫的缓冲，他依然眼冒金星，至少有一分钟完全无法从地上爬起来。

当他抬起头的时候，他看见一匹马的头，没错，这正是他自己的坐骑，它双眼空洞，正龇着牙，大口喘着粗气，一起一伏的肚子上，有个人眼睛那么大的窟窿，正汩汩地冒着鲜血。

李克奋力拉着受伤的马，往家的方向走，他朝四下望去，那些骑兵早已不见了踪影。

李克是爱马之人，特别是这匹马，它是一匹非常出色的骏马，毛色纯正，线条优美，肌肉强劲。它跟随他多年，忠心耿耿。

当晚，马死了。

虽然枪口是对准马射击的，但在那种运动的状态里，偏离一点点就会击中骑在马上的人。

可见，尼萨是根本不顾李克死活的。

李克和阿玲艰难地熬过了这一夜。

第二天正午，李克站在窗前，望着眼前巍峨的雪山沉思许久。那雪山是如此圣洁，好像离尘世的纷扰十万八千里，但山脚下的李克和阿玲，却被凶险和恐怖包围着。

"今晚，咱们再试试。"李克转过身来，对枯坐在木椅上的阿玲说。

"逃走吗？"

"是的。"

"走得掉吗？"阿玲不太相信。

"汪若山对付不了尼萨。不能把希望完全寄托在别人身上。我们首先要靠自己。"

当晚，索罗图安排好了一切。他为李克父女准备了干粮和水，这位忠心耿耿的助手，申请留下来断后。

"放心吧，你们先走，我留在屋里避免他们以为屋里没人了。随后我一个人离开，目标小，总是容易些的。"索罗图说。

"保重！"李克含泪道。

他们用力地抱在了一起。

父女二人趁夜色上路了。

李克知道，这次出逃，凶多吉少，但他的信念始终不曾动摇：只要他一息尚存，就不能让女儿受辱。

4

索罗图是个寡言少语的人，纵然生意做得很成功，但他依旧在人前不怎么说话，这倒使他在生意场上显现出一种可靠的感觉。因为其他做生意的人不免夸夸其谈，把一说成是二，或者是酒后称兄道弟，乱许诺言。索罗图不会这样。他虽然外表粗壮，但你盯住他瞧一会儿，就会发现，他五官端正，眉宇间隐藏着秀气，年轻的时候有可能是个美男子。他内心细腻而平静，他似乎一辈子都活在对人完全的信任之中，而与他接触的人任何时候都没有把他当成头脑简单或幼稚的人看。因为厚道以及中年发福后变敦实了的身材，使他身上凸显出一种裁判的气质，纵然他不想当任何人的裁判。他好像什么都能宽容，没有一点责备的意思，谁也不能使他惊讶或者害怕。而且，他也绝不以此为荣。凡是索罗图所到之处，人人都喜欢他，从很小的时候起，就一直是这样。他可能是世上绝无仅有的一个人，倘若你突然让他身无分文、孤零零一个人待在异乡的G城的广场上，他绝不会活不下去，不会饿死或者冻死，因为马上会有人给他东西吃，安顿他住下；万一别人不给安置，他自己也能找到栖身之所，这对他来说不费吹灰之力，无须忍受任何屈辱。而让他安身的人也不会感到任何负担，反而认为这是件愉快的事。

就是这么个人，此刻，面前站着尼萨。

尼萨把对准索罗图的枪收了起来，别在了腰带上，两手叉在腰间。尼萨正好是索罗图的反义词。他属于任何人接触下来都会反感的那种人，连他的父亲尼鲁都不太喜欢他。但没办法，尼鲁在一场部落战斗中，被子弹击中了睾丸，再也不能生育了，只留下尼萨这一个儿子。这个惊人的秘密只有尼鲁和他的女人们知晓。那些女人当然不敢乱说出去，怕被割掉舌头。若不是畏惧尼萨的地位，恐怕没人喜欢接近他。尼萨令人反感的首先是他的长相。他浮肿得厉害，那双永远不知羞耻和充满狐疑的小眼睛下长出了皱巴巴的眼泡儿，透出一副邪淫相。这模样还得加上一张贪欲的大口，从两片肥厚的嘴唇后面露出差不多已经烂掉的黑牙，那几颗黑牙只剩下小小残冠。他一开口说话就唾沫四溅。他自己也爱拿这张脸开玩笑，不过他对这张脸好像还挺满意，他特别要指出自己的鼻子，鼻子不大，呈现非常突出的鹰钩状。他为此还挺自豪，认为这是天然的贵族相。当然，能够描述的不仅是这些，他还有另外一些特征：奇装异服，随地吐痰，从不洗澡，污言秽语，极度自私，残忍成性，而且，动不动就发出惊天动地的大笑。

"哈哈哈哈……有人说我是个恶魔。但我在您的面前，至少不应该拿枪指着您。"

尼萨能这么讲话，已经算是表现出极大的尊重了，这源于尼鲁在尼萨小时候的叮嘱：你要向索罗图这个人学习。

"谢谢。"索罗图平静地说。

"但您真不打算告诉我他们上哪儿去了吗？"

"我不想说谎。他们应该是去能令他们高兴的地方了。"

"我要是在你脑袋上开一个窟窿,你还会含含糊糊吗?"尼萨眼睛瞪了起来,但嘴角仍是发笑的,他的手不自觉地摸到了腰间的手枪。

"我脑袋上的窟窿,已经够多了。"索罗图依然很平静。

"哈哈哈哈……"尼萨哈哈大笑起来,他是真的被索罗图的话给逗乐了。

另一头,李克和阿玲分别骑着一匹马,在夜色中快马加鞭。冷风嗖嗖地吹在脸上。他们心里惴惴不安。特别是李克,他十分担心索罗图的安危。但这个安排,又是索罗图所极力争取的。他以这种方式来践行他们深深的友谊。多年来,他们彼此相互扶持,情深谊长,亲同手足。

远处,隐约出现了一个光点,光点越来越亮。

不多时,一个光点变成了多个,并且离他们越来越近。

那是火把,举着火把的人,正是尼萨的骑兵。

仿佛一切都是徒劳的,很快,骑兵们便发现了前方的两匹奔跑中的马。他们策马狂追。

李克和阿玲被抓回来的时候,在自己的房间里呆立许久,尽管已经做足了心理准备,但他们依旧震惊不已,因为他们看到了倒在血泊中的索罗图。

显然,索罗图遭受了残酷的虐待,他的鼻子和一只耳朵都不见了,一只眼睛变成了一个黑洞,残血滑过了他那坚毅的脸颊。

他的另一只眼睛却睁着,保持着临死时的表情,是那样的平静。

凶手特意没有收尸,就是想让李克看到这一幕。

尼萨不在现场,骑兵们在把李克和阿玲抓回来后也是将他们好好地安置在房间里,还特意送来了鲜花和水果,弄得房间里芳香四溢,这和地上流血的尸体形成了诡异的对照。

骑兵撤退了,留下李克和阿玲,在这个阴森森的房间里担惊受怕。阿玲因为极度的悲伤和触目惊心,不禁扭头呕吐。李克走上前去,伸手默默为他这位多年的好朋友和好搭档合上了那只睁着的眼睛。他饮泪而泣,尽管没有哭出声来,但双肩因为痛苦而颤抖。他深深地自责,追恨自己葬送了好人索罗图的性命。

第二天一早,李克亲手为索罗图挖好了坟墓,安葬了他。他跪在坟前许久,泪流满面,追忆着索罗图的种种过往。

5

生活的残酷日日逼迫。

李克不敢再带着阿玲去冒险了,走也不是,留也不是,他们在焦虑中麻木起来。

有一天早上,李克发现家中的外墙上赫然写着:还剩2天。

隔天就是限期的最后一天。到时候会发生什么情况?他满脑子都是种种可怕的情景,影影绰绰又光怪陆离。

难道真的没办法挣脱罩在他俩身上的这张无形的网了吗?他绝望了,当天夜里,想到自己这么孤立无助,他不禁伏在桌上无声地抽泣起来。

寂静中,门外发出一阵轻微的刮擦声。

什么声音?

声音很轻,但是夜深人静,却听得非常真切。

李克蹑手蹑脚走过去,贴门细听。声音停了一会儿,接着传来两下令人不寒而栗的拍门声。

来人莫非是尼萨派来秘密处决他的午夜杀手?要不然就是前来标示期限最后一天的部落成员?

这种令他神经震颤、心头冰冷的惊恐,比死还要难受。

无论如何，只能面对。他纵身向前，拔出门闩，一把拉开了门。

屋外一片宁静。

夜色晴朗，星光密布。眼前的小花园里，花草影影绰绰。

李克松了一口气，但他蓦然感到自己的腿像是被什么东西给缠住了，他低头一看，吓了一跳，分明是有个人正蹲伏在地上，抱着他的腿。李克刚要喊叫，那人朝李克竖起一根手指放在唇前发出一声：嘘！

李克连忙用手捂住嘴，不让自己叫出声来。他连忙拔出那条腿，转身从桌上拿起猎枪，转眼间，枪口便对准了这个不速之客。

那人一步跨进屋门，转身关门。

李克的手指几乎要扣动扳机。

但他终于看清楚了，来人不是别人，正是汪若山。

此刻的他，充满暴戾之气，表情坚毅决绝。

"若山？"李克声音嘶哑，"你吓人一跳。你怎么会这副样子呢？"

"给我点吃的。"汪若山喘着粗气说，"我根本没有时间。科研项目赶进度，学校不给我准假，不然我早就来了。这附近被戒严了，骑马目标太大，马在远处，我是徒步走来的，已经有两天没吃东西了。"

还没等李克把食物递给汪若山，他便朝着桌上吃剩的冷肉和烙饼扑过去，狼吞虎咽地吃了起来。

"阿玲还好吗？"汪若山嘴里含着食物问。

"目前还没事。"

"我刚才几乎只能爬着进来。还好，这些年常在山区走动，跋山涉水，风餐露宿，我对这儿很熟悉，他们想逮住我可不容易。"

"第一次见你的时候，我以为你是个特种兵，可没想过你是个大学教授。"李克此刻有了一个可信赖的同伴，顿时觉得自己像是换了个人。他情不自禁地抓起汪若山粗糙有力的手，紧紧握住，"好样的！能这样赶来和我们共患难，太难得了。阿玲喜欢你，也在情理之中！

"我也不是完全不怕，刚开始也拿不定主意要不要把脑袋伸进这个马蜂窝，但想到阿玲，我绝不能让她受到伤害，我一定要带你们离开山区。"

"我试过，失败了。这儿很难出去。"

"今晚再不走，就来不及了。我有两匹马在飞鸟谷等着咱们。阿玲呢？"

"她在睡觉。"

"快去叫醒她。"汪若山说，"上次那个大叔呢？"

"索罗图死了。"

"他是个好人。"同情的神情浮现在汪若山的脸上，但转而他又坚毅起来，"我们不能再耽误时间了！"

趁李克去叫醒女儿准备出发的当口，汪若山把所有能找到的食物和水一股脑儿塞进背包里。他凭经验知道，山区的水源很分散，有时候走很远的路也找不到一处水源。等他收拾好这些东西，李克已经带着阿玲出来了，他们装束停当，可以上路了。

阿玲看到汪若山，立刻扑过去紧紧抱住了他。

他们分别已经一个月，况且在这生死攸关的时刻，情感的迸发尤其剧烈。

情意虽浓，但处境危险，要做的事情很多。在汪若山匍匐爬行到这座屋子来的一路上，他已经对处境的凶险有了亲身体验。

"我们必须马上出发！"汪若山说，"咱们悄悄从侧窗爬出去，徒步穿过麦田。麦子长得很高，从那儿走不容易被发现。上了大路，只要再走5千米，就到飞鸟谷了。那儿有两匹马。天亮前，咱们必须走到那里。"

"如果遇到拦截，我就让他吃枪子儿！"李克手里握着猎枪。

"我这儿也有一杆猎枪。"汪若山拍拍背上的枪，"如果他们人多，就只好先撂倒几个跑在前面的。"汪若山从未想过自己有一天会杀人，但为了阿玲，他敢干。

这一刻的他，完全让人无法想象他竟然是个大学教授。

李克很喜欢汪若山的这种气势。这表明了他的决心。决心越大，他们出逃成功的概率就越大。

屋里的灯火都已熄灭，从昏暗的窗户望出去，周围的一切，看上去是那么宁静怡人，沙沙作响的树林，开阔寂静的田野，让人难以忘怀，更让人难以想到这是一个杀机四伏的所在。

眼前的麦田曾是李克的土地，现在他却要和它诀别了。但他还是按捺住了心头的怅然。为了女儿的尊严和幸福，即使倾家荡产，甚至付出生命，他也是甘愿的。

他们小心翼翼地推开窗户，相继翻了出去。

他们屏息凝神，猫着腰，深一脚浅一脚穿过了花园，抵达了麦田的边缘。

忽然间，交谈的声音传入耳朵。

三人立刻趴伏下来，大气不敢出。

汪若山的手指勾在了猎枪的扳机上。

那是两个巡逻的人，他们驻足在花园门口，一胖一瘦，手里都拿着枪，探头探脑望向花园里。

"要不要进去看看？"瘦子问。

"黑着灯，估计是睡着了。"胖子说。

"万一又跑了呢？"

"嫁给尼萨将军是她的福气，干吗要跑呢？再说，逃跑的下场，他们心里有数。"

"要是跑了咱们可要掉脑袋。"

"这么安静，我估计她肯定是想开了，睡个安稳觉，养足了精神，明天好做新娘子，哈哈哈……"

"唉，我什么时候能娶上这么漂亮的媳妇呢？"

"跟着尼萨将军好好干，漂亮女人还不都是咱们的！"

"等等！你听见了吗？"瘦子突然警觉起来，"我好像听到麦田那边有动静！"

"有吗？"胖子朝麦田那边望去，"会不会是狼？"

"是人的声音。"

没错，那是人的声音。一条蛇从阿玲的小腿旁直立起来，蛇信吐出，蠢蠢欲动。阿玲曾说，豺狼虎豹她都不害怕，山区的民风原本也不善养出娇弱的女子。但她唯独怕蛇，这是天生的。一提到蛇，就浑身汗毛直竖。何况那是一条近在眼前的毒蛇，一条竹叶青蛇，这种蛇生活在高山上，通身呈亮绿色，三角形的头，身长半米多，牙齿尖利，有毒。这毒倒不会使人立即丧命，但也会使人浑身难受直至吐血或休克。

下意识地，阿玲叫了一声，声音并不大，但足以吸引那个瘦高而警觉的巡逻兵。

这会儿，他们举着手枪，朝麦田走来。

第三章

G城概貌

1

巡逻兵走过来了。

微弱的火把在麦田中跃动着。

竹叶青蛇爬上阿玲的左脚，又爬上了她的左腿。

她用手捂着自己的嘴，努力不使自己惊叫。

李克和汪若山就在身旁，但他们也不敢轻举妄动，只能眼睁睁看着。胖巡逻兵手握弯刀劈砍着麦秆，开辟出前进的路；瘦巡逻兵紧随其后。

趁着麦秆被砍断时发出的嘈杂声，汪若山伸手一把捏住了蛇头。

"别怕！"他小声说，"你们朝那边走！"

阿玲和李克都用疑惑的眼神望着他。

"别担心，我有办法脱身。"汪若山肯定地说。

李克便拉着阿玲迅速低下腰往前走。阿玲不放心，不时回头望向汪若山。

"谁？"瘦子喊道。由于李克父女发出响动，两个巡逻兵朝着声响的方向走来。

汪若山却迎着巡逻兵快步朝前走。

"站住！"瘦子喊道。显然他看到了汪若山，手中的枪立刻指向他。

汪若山原地站住，表情镇定。

"是我。"汪若山说。巡逻兵火把上跳动的火焰映红了他的脸庞。

"你是谁？在这儿干什么？"瘦子问。

"打田鼠的。"汪若山攥着蛇的手背在身后。

"胡说！你连个火把也没有，能看见田鼠？"瘦子说。

"你手里拿着什么？"胖子问。

"这可是好东西，能吃，你们过来瞧！"汪若山说。

两个巡逻兵举着火把凑上来看。汪若山倏忽之间一把将蛇掷在了胖子的脸上。

"哎哟！"只听胖子捂着脸叫唤一声，"什么东西咬我！"

汪若山顺势蹲下抓起一把土，扬在了瘦子的脸上，瘦子也叫唤一声，连忙捂住了眼睛。

两个人还没反应过来，汪若山从肩膀上取下猎枪，那实木的枪托着实坚硬，他抡起来给他俩的脑袋上一人砸了一下，他们就躺在地上只剩哼哼了。

汪若山扭头跑掉。

五分钟后，他追上了阿玲和李克。三人不敢耽搁，继续逃亡。

麦田似乎无穷无尽，怎么也走不完。

阿玲的小腿被麦秆戳破了皮。

"还能坚持住吗？是不是很疼？"

"没事，咱们继续往前赶吧。"阿玲坚强地说。

"穿过这片麦田，我们可能就有救了。"汪若山拉着阿玲的手，继续向前走。

他们终于穿过了这片麦田。走上大路，就走得不那么艰难了。有一次看见前面有人，他们马上藏身在小土坡下面，躲了过去。他们折进了一条崎岖的山道。夜色中，两座黑漆漆的山峰耸立在前方，中间的隘口就是飞鸟谷，两匹马儿在那儿等着他们。

汪若山凭着直觉，带着父女俩穿行在巨石阵中，沿着干涸的河道来到一处山石叠嶂的僻静所在，两匹忠实的坐骑被拴在木桩上，静静地站在那儿。

他们迅速上马，继续赶路。

地势复杂，一般人通常会晕头转向，山路的一侧是巨大的乱石堆，几乎没有落脚的地方；另一侧是几百米深的悬崖，往下一瞧，心惊肉跳。中间这条弯弯曲曲的小道，窄到只能容单人单骑通过的地步。崎岖难行的山路上，只有高明的骑手才能策马前行。然而，纵然有这些艰难险阻，三个逃亡者的心情却渐渐轻松起来，因为每向前一步，就离自由和幸福更近了一步。

他们连夜在隘口纵横、砾石散布的崎岖山道上赶路，不止一次地迷路，但每次又重新找准了方向。

破晓时分，一幅荒凉的图景展现在他们眼前。四周都是白雪覆顶的山峰，重叠隐现的山峦一直绵延到远方的地平线。他们所处的峡谷，两侧都是陡峭的山崖，崖上的大树斜插在崖畔上，仿佛在向他们招手。山体参差不齐，裸露着大片残壁，荒芜的山谷里散布着树干和巨石，大概都是从山上滚落至谷底的。就在他们通过山口的时候，一块巨石隆隆作响地滚落下来，寂静的山谷里回声震荡，疲惫的马受了惊，狂奔起来。

太阳从东方的地平线上冉冉升起，巍峨的山顶相继被照亮，山峰渐次被染成淡红色，壮丽的景观使三个逃亡者精神为之一振。在一道从沟壑涌出的溪流跟前，他们停下来歇口气，给同样疲惫的马儿饮了水，自己也匆匆吃了顿早餐。阿玲和李克想多休息一会儿，但是汪若山不同意。

"这会儿他们可能正在追踪我们。"汪若山说，"一切都取决于我们的速度。等到了G城，我们后半辈子有的是休息的时间。"

整整一天，他们都在峡谷中艰难前行。傍晚时分，他们计算了一下路程，估计尼萨的人应该在20千米开外了。他们选在一座悬崖底下露宿，山岩挡住了凛冽的寒风，他们安安生生地睡了几个小时。但没等天亮，他们又起身赶路了。

这一路，没有发现有人追赶的迹象。

第二天中午时分，干粮吃完了。汪若山对此并不太担心，大山里有的是飞禽走兽。手中的这杆猎枪，能助他收获食物。高海拔的山区，寒风阵阵，他找了个隐蔽的落脚处，拾了些枯树枝，生起一堆篝火，让父女俩取暖。他拴好马，吻别阿玲，手握猎枪去寻找猎物。

不多时，他回头望去，见父女二人俯身向着篝火，马儿一动不动地站在一旁。

再走远些，山岩便挡住了他的视线。

2

夫妻间无休止的争吵或者冷战，常使得婚姻关系走向衰危。

婚姻的不幸，使高帅吸烟成瘾。因为烟瘾大，引起妻子反感，又加速了婚姻关系的恶化。

最终，高帅告诉身边几个关系比较密切的同事和朋友，他离婚了。

同事和朋友虽然能够理解他的选择，但也都觉得事发突然，而此后，大家便再也没见过他的妻子。邻居曾见警察出入他家，警察走后，他连忙出来和邻居解释，说家中被盗。

单身后的高帅决定戒烟。因为他认为是婚姻的苦恼导致他开始吸烟，既然婚姻关系解除了，烦恼便也没了，就不该再吸烟。

至少，不能再一天抽两包烟了。

这天上午，他忍了很久，最终还是敌不过香烟的诱惑。他放下手中的书，打开一包香烟，抽出一支叼在嘴上，然后点着火，美美地吸了一大口。

"太过瘾了，香烟果然香。"高帅注视着从指间袅袅上升的烟雾，心中不禁发出感慨。

此刻，他身处办公室，正在看闲书，而且还肆无忌惮地抽烟。这都拜汪若山不在所赐。他的戒烟行动显然不成功，他不时吸上几口烟，直到香烟快燃尽的时候，才把烟头掐灭在烟灰缸里。烟灰缸里的烟头很快堆成了一座小山。

颇具讽刺意味的是，高帅全神贯注地读的这本书叫《吸烟的危害》。

这本书全面讲述了吸烟的历史和危害。看到具体说明烟草的危害那一章时，高帅不由紧张起来。书上是这样写的：抽一支烟相当于给血液里注射1毫升尼古丁。作者引用了很多实验资料来详细论述吸烟的危害，甚至有许多惨不忍睹的插图，鲜明而直接。最使高帅害怕的是吸烟对心脏的影响。抽一两支烟就会使心脏的跳动每分钟加快10～20次，使血压的水银柱上升10毫米。抽烟三年，每天两包，使他感到心脏不舒服，有一种未老先衰的感觉。最近，一个"烟鬼"同事因患心肌梗死突然去世以后，他越发不安起来。

夜间熟睡的时候，高帅经常被自己的剧烈咳嗽吵醒，这显然也是吸烟过多造成的。他专门注意过这个问题，如果白天有意识地减少吸烟，晚上咳嗽就会好很多。

想到这里，他掐灭了烟头，觉得还是得找个强有力的办法来约束自己，比如参加个戒烟组织，过一阵子集体生活。想着想着，他的手又习惯性地伸向了香烟，下意识地打着了打火机，把烟点着了。这一连串动作都是无意识的，完全是惯性。

看到自己指间夹着的香烟，高帅很恼火，他连忙掐灭了着火的烟头，并伸出另一只手把刚才拿烟的那只手打了一下。他感到有点绝望，这样下去，戒烟成功简直是遥遥无期。

他从椅子上站了起来，做了一个深呼吸，然后望向窗外的校园。

一个身影吸引了他的注意力，竟使他暂时忘却了戒烟的烦恼。

他看见了刘蓝。

刘蓝正往教室走去。她身着一袭紫色长裙，外面罩着黑色风衣，头发散着，在风中飞舞。她不时伸手从额前向后捋一下头发，露出她那白皙精致的脸庞。她每撩一次头发，高帅的心弦就被同步拨动一次。

然而，另一幕同样引起了高帅的注意。校长方范从办公楼出来，走到湖心花园小亭子里，朝刘蓝招了招手，刘蓝快步走去，他们交头接耳说了些什么，只见刘蓝不住地点头。

校长和学生能有什么直接的私人交集呢？高帅不禁疑惑起来。莫非刘蓝和校长有一腿？这么想的时候高帅不禁在心里把自己骂了一通，这想法太龌龊。

但是，再看时，更让他惊讶了。方校长和刘蓝交流完两人就分开了，但方校长没走几步，就突然望向天空，双腿走路的节奏也发生紊乱，四肢关节发生奇怪的扭曲，好像无法支撑住他那发福的上半身，眼看就要倒在地上了，连接湖心亭的路很窄，且没有护栏，方校长便一脚踩空，坠湖了。

这可吓坏了高帅。他连忙转身冲出门外，飞步跃下楼梯，朝湖心亭跑去。

整个过程也就3分钟。但是，当他还没赶到湖心亭的时候，几个身穿制服的医务人员便已经站在岸边，把刚刚打捞上来的方校长往担架上抬。只见他衣服湿透，头发散乱，双眼紧闭。急救人员见高帅张望，便拿白布单盖上，遮住了方校长。他追上去问，但他们将他拦下来，一问三不知。担架被径直抬上了停在一旁的急救车，车玻璃是黑色的，车门一关，便飞速开走了。

高帅惊讶极了。他回头看见刘蓝，刘蓝也怔怔地愣在那里。

"什么情况？"高帅问刘蓝，"校长他怎么突然晕倒了？"

"可能是心脏病犯了吧？"刘蓝神色慌张。

"没听说过他有心脏病啊！另外，那救护车也来得太快了吧？就跟事先等在那里似的！"高帅纳闷地说。

"我不知道。我也觉得奇怪。方校长询问我汪老师的情况，我告诉他汪老师还没回来。交谈结束，我刚转身，他就掉湖里了。"

"但愿校长没事。"高帅摇摇头说。

当天下午，他找系主任询问此事。

"方校长掉进湖里了！"高帅说。

"掉湖里了？"系主任说，"没听说呀。"

"我亲眼看见他掉进湖里了。"

"你确定？"

"我们班上的学生刘蓝可以做证，她在现场。"

"可是我刚才还看见方校长。"

"不可能！"高帅有点着急，"他被救护车拉走了。千真万确！"

"你是在说我吗？"高帅的背后有人说话。

高帅一回头吓了一跳，背后那人不是别人，正是方校长。

"您……您怎么会出现在这儿？"高帅惊讶道，"您不是……"

"你是说中午的事？"方校长跟没事人一样，"我那是脚下打滑，不小心掉湖里了。幸亏有人及时把我救起来。"

"您气色可真好。"高帅望着健朗的方校长说。他甚至觉得校长看起来比坠湖前还要健康。

"上了年纪，是该好好锻炼身体了。"方校长说，"你怎么还有工夫在这里闲聊，不用去协助若山工作吗？"

"他还没回来。"

"哦，对了，我都忘了。等他回来你可务必劝劝他，别老往山区跑。我就不明白山区有什么好。有狼出没，险象环生，又没有救援队。他老是孤身前往，迟早出事儿！"

"嗯，我劝劝他。要是您没什么别的事儿，我先回办公室了。"高帅说。

"去吧。"方校长说完，背着手走了。

高帅怀揣着疑虑往回走，下电梯到一楼，在电梯口碰见了等候乘坐电梯上楼的刘蓝。

"刘蓝，你上这儿来干什么？"

"我这不是快毕业了吗？想和系主任商量留校工作的事情。"

"祝你成功。"高帅说，"对了，我刚才看到方校长了，跟没事人一样，你说奇怪不奇怪？"

"你是说他在坠湖之后三个小时就回来上班了？"

"是的。"

"方校长一直在打篮球。身体底子好。"

"你和方校长很熟？"

"不算熟。但我有知名度哦。这学校里有谁不认识我？你别忘了，校庆晚会可是我主持的，众目睽睽之下。"

"也是，何况你又长得这么漂亮。"

"这话我爱听，接着说。"

"而且还那么冰雪聪明。"

"才貌双全对吗？"

"说的就是你。"

"说正经的，汪老师还没回来吗？"

"我就知道，跟你聊天，不出10句，你肯定拐到汪老师身上去。"

"他怎么去那么久？"

"寻找真爱哪有那么容易！"

"好吧，再见，我先上去了。"

高帅食欲不佳，去校外的超市买了一个三明治和一罐啤酒代替食堂的午餐。按说上班时间不许饮酒的，但汪若山不在，他便想小酌一下。

回到办公室，他打开啤酒，由于易拉罐在行走途中被摇晃，打开的瞬间大量泡沫涌出，他连忙用嘴接住，顺势喝了两口，觉得挺舒坦。

他看到办公桌上搁着一本杂志。杂志的封面吸引了他。

这本杂志叫《路边的花》。封面印着一个身着泳装的姑娘，背对着读者，却扭过来一张标致的脸，其中一只眼睛闭上了，另一只却睁着，分明在抛媚眼。

这封面模特竟和刘蓝有几分相似，却不是刘蓝。她分明是他喜欢的类型。趁着没人在，高帅迅速把杂志翻了个底朝天。他搞明白了，这是相亲杂志。

高帅今年30岁了，刚离婚，他觉得这一定是哪位同事不忍心看着他继续孤独，所以做好事把这本杂志放在了他的桌子上。

"好人还是多！"高帅心里念叨。此刻他全然把方校长坠湖的事忘到了九霄云外。

杂志里有封面女郎的写真，也有个人情况介绍，还有小故事。她叫丘贞，大学毕业不久，在一家酒吧里担任调酒师。

"酒吧可是个人员复杂的地方。"高帅不禁想道。当一个人对另一个人产生情愫的时候，会在脑海里进行"脑补"，把对方往好的方面想。于是他转念又想："没准人家就是出淤泥而不染呢？"

但是，一个姑娘，把自己的照片印在杂志封面上找对象，也是过于迫切了。另外，这事儿怎么看起来都不安全。如果招到坏人呢？最起码，骚扰电话会使她感到很烦躁的吧？

高帅将杂志翻来翻去，唯独没有发现电话号码。在介绍她的那篇文章末尾只留了一个通信地址，备注了一句话：有意者请寄信。

高帅笑了起来，这倒是个筛选的良策。这年头没什么人写信，提笔写字表明了诚意，而且避免了直接的对峙。

高帅收起杂志，当下找来纸笔写起了信。他没用电脑打字，而是特地用手写字，既然字如其人，就聊表心迹吧。信的正文如下：

丘贞你好。相片一见，惊鸿一瞥。日有所思，夜有所梦。虽然我是搞科学研究的，信仰科学，但对于感情一事，我不得不相信命中注定。我今年30岁，在大学做助教。虽然不是帅哥，但自诩身体里住着一个有趣的灵魂。我十分相信，越是巧合的事情，就越有必然的意义。我们能否一见？

高帅在信的末尾，留下了自己的电话号码。

他按照地址寄出了这封信，便开始急候佳音。

3

汪若山翻山越岭，从一个峡谷到另一个峡谷，走了4千米，一无所获。在他感到无望，正打算空手返回的当口，抬头往上一瞧，心头高兴得突突直跳。前方100多米的悬崖边上，站立着一头动物，看上去有点像绵羊，但却长着一对硕大的犄角。所幸的是，它冲着另一个方向，没看见汪若山。

他举起猎枪，双臂保持松弛，腮帮贴住枪托，屏住呼吸，稳稳地瞄准目标，扣动了扳机。

野羊猛地蹿了起来，落地后跑了几步，突然前蹄打弯，摔在了地上，又在地上挣扎了一会儿，最后终于滚落到坡下。

与此同时，一个黑影一闪而过，汪若山看清楚了，那是一只狼，它迅猛地扑向了那只野羊。看来它也垂涎那只猎物许久了，不多时，其他几只狼也跑了过来。

眼看自己好不容易捕获的猎物，要被这群饿狼夺去。

他担心打草惊蛇，使自己陷入险境，但又想到阿玲食不果腹，便决定铤而走险。他躲在一块大石后面，端起猎枪，对准狼群一旁的一块大石头，扣动扳机。子弹击中石头，碎石迸裂，那几只狼被吓了一跳。汪若山依旧躲在掩体后面观察，狼群似有散去的想法，但它们还不死心，渐渐又有围拢的迹象。

汪若山抬手又是一枪，这一枪距离第一只过来的狼更近，子弹几乎擦到了它的身体。狼群再度受到惊吓，这一次，它们终于散去了。

野羊太大了，整个背走不现实。汪若山便割下一条腿和几块腰部的肉，背着返程。他知道那几只狼没跑远，留下了羊肉的大部分，也有利于拖住那些饥饿的狼。

夕阳西下。汪若山蓦然发现自己陷入了困境。

刚才寻找猎物，早已远离了熟悉的那片沟壑，现在想要辨认来路，却不容易。山谷沟壑交错纵横，每处景色都很相像，难分彼此。他顺着一道山沟往前走了1千米，发现一道湍急的山溪，这肯定是不曾见过的。他确信自己还是走错了路，于是回头再换一条路，结果却还是不对。

背着沉重的猎物，又乏又累，脚下发飘，全凭一个信念支撑自己：每往前走一步，就离阿玲更近一步，而且他背上的食物，足以让他们在剩下的逃亡途中不会饿肚子。

他终于来到了先前跟李克和阿玲分手的峡谷隘口。两旁悬崖被染上了金色的轮廓。他们一定等急了，自己已经离开他们4个小时了。

砰！突然，峡谷里传来一声枪响。

谁在开枪呢？汪若山不禁心头一紧。

寥无人烟的地方出现了枪声。他知道李克是有一把枪的。难道他遇上了险情？尼萨的人应该不会追这么远。难道是狼群来袭，李克自卫反击？

汪若山在乱石间慌忙奔走，由于太急切，还摔了一跤，磕破了膝盖，血从裤子渗出。

但他顾不上这些。

枪声再起。每一声都像一把利刃在他心头扎一下。

终于看到了李克的身影，他正以一块巨石作为掩体，举着枪朝峡谷另一头射击。阿玲躲在李克身后，李克不时用另一只手推搡阿玲，并朝她吼叫，似乎在勒令她尽快离开这个地方。

汪若山迅速跑到了李克身后加入了战斗。他举起枪来对准前方。

看来，他真是低估了尼萨的决心。尼萨的人真的追上了他们，而且人数不少，有30多个人，都骑着高头大马。

子弹你来我往。

李克和汪若山的还击打乱了敌人向前的节奏，有两匹马被击倒了，骑手在地上翻滚。队伍一下散了开来，在巨石之间躲闪，却依旧不断靠近。

"若山，你来得正好！快带阿玲走！"李克朝汪若山喊道。

"我不走，我不能丢下您一个人！"阿玲哭道。

"李叔，咱们一起走。"汪若山说。但他知道，一起走是不可能的。他们的两匹马，有一匹已经中弹倒地。只剩一匹马，三个人是无法一起走掉的，必然有个人要留在这里了。

"再不走，一个人也走不了！"李克大声喊道。

李克找出子弹袋补充弹药，发现总共就剩10多发子弹了，还没有对面的人数多。弹药不足，注定是要束手就擒的。汪若山找出自己的子弹袋，发现也只剩8发。

"走吧，李叔说得对，咱们只有一匹马，弹药也不够，只能走两个人，快走吧！"汪若山对阿玲说。

阿玲还想赖着不走，但她心里也清楚，这是千钧一发的险境，要不然走两个人，要不然都不能活，是死是活，全在一念之间。

汪若山把自己大部分的子弹留给了李克，自己只留下3发子弹。

阿玲痛苦地抱着李克的腰，但她被汪若山拉走了，她被他抱上了马，两人策马扬鞭，离开了战场。

才奔跑了几十米，一枚子弹就击中了李克的肩膀。中弹的那条胳膊登时无力地垂了下来。他忍住剧痛，咬着牙继续还击。他的枪法十分厉害。他在巨石堆中不断变换射击位置，又有四个骑手倒下了。由于伤亡较多，竟一时使得那些骑兵突进困难。

马背上的阿玲大声哭了出来。

汪若山咬紧牙关狠狠用马鞭抽了几下，马儿全力奔驰。

李克的子弹终于打光了。

他丢掉枪，迅速翻身藏匿了起来。

4

"喂，是高帅先生吗？"一个陌生女人的声音。

"是我，您是哪位？"高帅盯着烟盒说。他还在和那一盒烟做斗争。

"我是丘贞。"

"谁？"

"丘贞。"

"你是……丘贞！"

高帅刚开始没反应过来。或者说，尽管他期待着答复，但没想到对方会直接用打电话这种方式。他真切地听到了那个妙龄女郎的声音。那声音和她的样貌一样漂亮。

事情是这样的。当天寄出信件后，第二天一早，高帅便收到了回信。他迫不及待地打开信封，却发现自己写的信竟然原封不动地给寄了回来。信封当然是换掉了，但是信纸还是那张信纸。他把信重新看了一遍，没发现异样，搞不清对方的意图。

"这是什么意思呢？不接受？"高帅想道，"那也正常，杂志一旦发行，信件肯定像雪片一样涌入她的家门，看都看不过来，怎么能指望一下子就引起她的注意呢？"

在将要放弃的时候，他蓦然发现信纸背面居然写着一行字，很显然，那是收信人加上去的。

这行字是这么写的：收到你的来信。缘分天注定。

没有了，这就是所谓回信。

而且，这一行字居然是用打字机敲上去的。

高帅当场笑出了声。幸亏周围没人，不然他们会以为他中彩票了。高帅大笑着原地蹦了一下，一蹦三尺高。

但落地后他的笑声又突然收住。

"然后呢？"他不禁心里问道，"这是让我再写回信吗？朦朦胧胧，模棱两可，有什么话不能说完整呢？缘分天注定。我接下来应该怎么做？好吧，那我接着写信，希望她这次能多说几句话。"

于是高帅开始写信，他几乎从来没有写过什么抒情或者叙事的文章，此前都是写科技论文。但他此番写信时却发现，只要发乎真情，他似乎颇有写文章的才能。

他一下笔就从自己出生那一年写起，然后上了小学、中学，最后又读了大学，并且留校做助教。洋洋洒洒写了两万字，却才写到大学生活。有几处动人的地方，他还把自己感动得流下了泪水。

结果，信还没写完，他便接到了那个使他一时没反应过来的电话。

"你把我忘了吗？"丘贞在电话那头问。

"那怎么会！刻骨铭心哪！"高帅连忙说。这分明是在写自传的情绪里还没出来，他蓦然觉得自己这个成语用夸张了，就补充道，"我们刚刚通过了信，怎么就会忘掉呢？我没想到你这么快会打电话来。正在给你写回信呢！"

"晚上有时间吗？"

"今晚？"

"不然呢？"

"有时间有时间！"

"晚上7点，高原酒店餐厅见。"

"好的！不见不散！"

高帅兴奋地挂掉了电话，摩拳擦掌，开始捯饬自己。

身为科技工作者和助教，高帅平时穿衣太古板，但今晚是相亲，必须帅气，一定得换身行头了。

于是他到校外的商场里，挑选了一条牛仔裤和一件深蓝色衬衣。他在衬衣应不应该扎进皮带里的问题上犹豫了半天，最后还是选择扎进去。在镜子里端详，他的确比平时精神不少。

他还买了一束玫瑰花，捧在手里。这副模样走在路上，别人一看就知道他要干吗。

高原酒店是整个G城最好的酒店，同时也是最高的大楼，有581米高，通体白色，从远处看，活像一座纪念碑。虽然足够高档，但酒店内部并没有给人以奢华的感觉，反倒十分简洁。这大概也是整个G城的风格，多余的东西一概不要，只求实用，一切从简。大堂墙壁和天花板都是白色，地面也是白色，光可鉴人。大堂左手边有一圈旋梯，通往二楼餐厅。

餐厅由白色、灰色、原木色三种颜色构成。从每张餐桌顶上垂下一盏灯，发出暖黄色的光。这种光线照射在食物上，增进了人们的食欲。

抵达餐厅时，高帅比约定的时间早了半小时。

他是紧张的。相亲这种事他是头一回经历，这种怀揣着明确目的的初次见面，让他颇有些不太适应。别看他平时油腔滑调，但骨子里并不算个浮夸的人。

服务员递来菜单，他说在等人，稍后一起点餐。

他盯住餐厅门口，等候丘贞的到来。

距离约定时间，还差10分钟。

那扇门，看着看着，把他给看走神了。起先他还在练习见丘贞时如何开口说第一句话，后来就开始想他自己的心事。他是个多虑的人，脑子高速运转，不是在想这件事，就是在想另一件事。只要醒着，就在想心事。睡着的时候也没闲着，梦也特别多。这一点和汪若山形成鲜明反差。汪若山的脑子里好像有个开关，集中精力思考问题的时候精力特别旺盛，但一旦不去想，就真的不想了，睡眠也是非常深沉。这都是高帅羡慕他的地方。

高帅在想些什么呢？他想到了汪若山，科研是他的本职工作，学校待遇又好，放着即将毕业的美女大学生不要，却去山区寻觅他的所爱。山区野蛮人多，豺狼虎豹遍地都是，这搁高帅身上，给钱都不去。他还想到，方校长忽然身体抽搐，失足坠湖，几个小时后又像没事人一样精神矍铄地站在他面前。校长今年可有58岁了，头发花白，以前也没觉得他的身体像刘蓝说得那么好，下午见他时，头发竟然像是又变黑了似的。这一切看起来都不合理。

这些事情在高帅脑海中盘旋着，挥之不去。

"高先生吗？"一个女人的声音传来。

高帅从遐想中缓过神来，一抬头便看见了眼前漂亮性感的丘贞。

第四章

诡秘医院

1

那场小型战斗中，一粒子弹击中了阿玲的上臂外侧，虽没有伤及骨头，但高速旋转的子弹还是损伤了部分肌肉组织。所幸子弹贯穿而出，没有留在体内。汪若山撕掉衣服上的一条布料，给阿玲做了止血包扎。

抵达G城后，他们径直去了医院。

医院很大，因为G城所有的人都在这里治病。住院部是一幢30层的通体白色的大楼，阿玲入住了一间编号为1313的单人间。房内长而狭窄，面积约15平方米。这一层还有20余间一模一样的单人病房。

"我心里放不下山区。"阿玲在病床上怅然道。

"理解。那是你的家乡，你生长的地方。"汪若山说。

"爸爸曾经跟我说，他生是山区的人，死也是山区的鬼。他这辈子只来过G城一次，但他说一次就够了。他喜欢山川河流和那番广阔天地。他说那是生而为人原本的家园。"

"G城是人为的环境。"

"爸爸把这种对大自然的情感遗传给了我。何况他现在身在山区，生死未卜。"阿玲眼含泪水，"假如，我是说假如有一天我们去山区生活，你会同意吗？"

"我也喜欢山区，喜欢大自然，但是目前在G城有我的工作。"汪若山摸了摸她的头说。

"你愿意为了我，放下这份工作吗？"

汪若山知道，阿玲不是个不讲理的人，也不是个无事生非的人，她能这么说，实在是因为对故乡和父亲有眷恋，对G城无好感。

"我愿意。"汪若山宽慰她道，"说实话，我并没有那么喜欢我目前的工作。要我放下教学和科研，我真放得下。现在还在做，纯粹是责任心使然。你问我这个问题，我会好好思考一下的，也许我真会和你生活在大山里。古代的陶渊明，倒是我的一个偶像，他用尽了全力，才过上了平凡的一生。我喜欢平凡和朴实，他的隐逸不是消极，不是逃避现实，他对这个世界有着深刻的认识。我就像《桃花源记》里的那个武陵人，向往与世隔绝的山水田园生活，更因为有了你的存在，我们相互陪伴，那种日子一定很美好。但是，山区纵然好，但山区还有尼萨。为安全起见，我们先在G城避一避吧。"

阿玲闻言，点了点头，幸福地笑了。

由于工作堆积，为了赶进度，汪若山变得十分忙碌，他每两天可以来探望一次阿玲。他给阿玲带来一本名叫《G城生活手册》的书，这本书描述了如何在G城过上便利称心的生活，以便给阿玲在这里生活打好信息基础。

G城对她来说是陌生的城市，她没有安全感，待在医院这种距离生死很近的地方，又让她的不安全感强化了。这些天的经历似乎让她产生了应激反应，常常出现可怖的幻觉，她总觉得尼萨随时会出现在她面前，将她抓走，使她彻底失去自由，遭到暴力和虐待。

父亲是生是死？恐怕凶多吉少。她愈加悲痛。

适当强度的应激反应对人有积极意义，它们可提高人的警觉性，增强身体的抵抗和适应能力，也可以增进工作和学习的效果。但如果应激反应过于强烈、过于持久，那么不管这些反应是生理性还是心理性的，都将是有害的。所谓"心身疾病"，便是一类与过强过久的心理应激反应有关的躯体性疾病。

有一天，阿玲正躺在病床上看书，虽然没抬头，但她还是能够感觉到有人站在门口。她希望来的人是汪若山，能聊聊天，说些有趣的事。但令她失望的是，来的人是个按摩师。

他瘦瘦高高，戴着白色帽子，口罩遮住了脸，只露出眼睛，穿着一件白大褂，却和医院其他医生披在身上的白大褂款式略有不同，手上拎着一个大约4升容量的长方形黑盒子。

"需要按摩吗？"按摩师问。

"通常是怎么按摩？"阿玲没经历过这个。

"别人怎么按摩，我也怎么按摩，无非是捏捏这儿，捶捶那儿，很舒服，促进你身体健康。"按摩师平静地说。

"每个病人都必须按摩吗？"

"这倒也不是，这是医院提供的一项可选服务。"按摩师往上拉了拉下滑的口罩说，"基础项目是免费的。"

"这是什么？"阿玲指指那个黑盒子。

"按摩辅助工具。你从来没有接受过按摩服务吗？"

"没有。"阿玲摇头。

"那你应该体验一下。"按摩师说着转身关上房门，一边开始佩戴手套，一边在病床尾部用力一拉，床长出一截，多出来的部分有一个人脸那么大的洞，"来，趴下来吧，你的脸刚好放在这个洞里，保证顺畅呼吸。"

阿玲蓦然觉得，尽管隔着一层手套，但让一个陌生男人触碰自己的身体，仍然非常别扭，于是她打算拒绝。

"现在我还不想按摩，晚些时候再说吧。"阿玲从床上下来，光着脚站在了地上。

"呃……"按摩师愣在那里，似乎他没做好被阿玲拒绝的心理准备，有些失望，"为什么呢？"

"不是说这不是必要的吗？"阿玲有些恼怒起来，他感到对方有点强迫的意味，但她人生地不熟，不想制造冲突，也不喜欢让别人难堪，所以也没把话说死，"今天身体不舒服，不想按摩，下次再说。"

"那好吧。"按摩师点点头，又把床尾的机关归位，脱下手套，塞进白大褂口袋里，"我明天再来。"

说完，他拎着黑盒子走出房门。

他走后，阿玲再也无法静下心来看书，她感到奇怪，他进门的时候居然没有一点声音。阿玲放下书，走上前把门关上。她觉得这扇门应该保持关闭。

不多时，医生进来，对她做了例行检查，测量体温，临走时又没关上那扇门。她接着看书，脑子里却不停在想关门的事情，担心那个按摩师会不会再次神不知鬼不觉地进来吓她。于是她只好放下书，再次下床关门。

其实，这门是锁不上的，医务人员出入自由，关着和开着没什么两样。当然，医生或者护士进来的时候会先敲门。

几次折腾下来，她很疲惫。但是，到了睡觉时间，她却失眠了。

接近午夜的时候，阿玲终于快要睡着了。

"嘭！"

突然间，她听到奇怪的声响，就像是一个胖人用肥厚的手掌，骤然间大力鼓了一下掌。

这声音来自临近的病房。

阿玲的心怦怦直跳，她安慰自己，也许是病人的什么东西掉在地上了。但直觉又告诉她，并不是。

她起床，轻手轻脚下地，走到门旁，把门拉开一条缝，她看到一个熟悉的身影倏然而过，拎着一个黑色的盒子。没错，就是那个按摩师。

"夜里也会有人按摩吗？"阿玲不禁纳闷。

按摩师走进电梯间，门关上了。

她连忙跑到值班室询问护士，护士竟然趴在桌子上睡着了，阿玲推了推她，她抬起睡眼惺忪的头。

"你刚才听到声音了吗？"阿玲问。

"什么声音？"护士一脸茫然。

"声音虽然不是很大，但我想整层的人都应该听到了，那声音很怪。"

"没听到。"

"有煳味，你闻到了吗？"阿玲嗅到空气中弥漫着淡淡的煳味，像是某种肉类烧煳的味道。

护士皱着鼻子在空气中闻了闻，摇了摇头。

"我感冒还没好，鼻塞，闻不到。"

阿玲几乎被眼前这个七窍不通的护士气笑了。

"今天来了一个按摩师。你认识他吗？"阿玲问。

"有几个按摩师，是医院外请的人，你说的是哪一个？"

"瘦瘦高高的。"

"瘦瘦高高？还有什么特征？"

"我想不起来了。其他部位都遮起来了。对了，他手里拎着一个黑盒子。"

"你找他有事吗？"

"我觉得他很怪。"

"没什么好奇怪的。"护士看了看挂在护士站墙上的挂钟，打了一个哈欠道，"时间不早了，快睡觉吧。"

阿玲快快地回到病房。她关上房门，四下看了看，见床头柜上放着一个水杯，她倒空杯中水，然后把杯子轻轻套在了门把手上。

她躺回床上，用被子盖住自己，连脑袋都全部蒙上。

又过了许久，她终于睡着了。

2

第二天，一声脆响惊醒了阿玲。

她翻身而起的时候，牵动了臀部刚刚愈合的伤口，一阵针刺般的疼痛袭来，她禁不住"哎哟"叫了一声。

是那个值班护士进来了，触发了阿玲套在门把手上的杯子，杯子落地摔碎。

护士惊慌失措，但她似乎不仅仅是受惊于杯子掉落这件事。

"你还好吧？"护士问。

"我还好……"阿玲说。

"没事就好。"护士转身要走，根本没提杯子摔碎这件事。

"怎么，出什么事了吗？"见护士神色慌张，她追问道。

"昨晚，1314号房的赵先生……"护士欲言又止，"你有没有看到他？"

"没有，我几乎不出这间屋子。"阿玲说，"你说的那个赵先生，他怎么了？"

"没什么……"护士的脚踩到了一片碎玻璃，她指了指地面说，"玻璃碴你别动，我请人来扫。"

阿玲的好奇心被激发，待护士走后，她将头探出门外，看到几个护士正在逐个查房，意外的是，警察也来了。

事后，阿玲终于搞明白了，那个她没见过的赵先生失踪了。

离奇的是，一楼的门卫说没看到赵先生走出去。这还用说，他是一个双腿截肢的残疾人，怎么可能独自走出去？

楼下周边也没有他的踪迹，整个医院翻了个底朝天也没找到他，如同人间蒸发。据说，他的房间里有浓郁的焦煳味，此外没有留下任何痕迹。

阿玲不得不胡思乱想起来，而且是一整天胡思乱想，她的大脑无法平静片刻，她脸上挂着泪痕在走廊里走来走去。医生来看了看她，给她一颗药片吃下去，才使她安静下来。

当晚，汪若山来探望阿玲时，阿玲紧紧拉住他的手。看到神色紧张的她，他甚至都觉得她像是换了个人似的，和当初那个策马扬鞭突出牛群的飒爽姑娘判若两人。他心里替她难过。原本自在生长的她，被接二连三的突发事件打击懵了。

"伤势恢复得还不错。"护士向汪若山介绍道。

"那就好。"汪若山拉着阿玲的手。

"我不想在这儿待着，你能带我走吗？"阿玲乞求道。

"不行，还没完全康复。"护士说，"要小心感染，再观察几天吧。"

待护士走后，阿玲紧紧抱住汪若山，就好像离别了很久似的。过了半晌，她平静下来，才向他讲述了医院里发生的怪事。

"有人失踪了？"汪若山皱着眉头问，"赵先生的全名是？"

"赵健。我偷看了护士的花名册。"

"他是个什么人？"

"不知道，我只知道他比我来得早。"

"最近发生的怪事可不少。高帅告诉我，我们学校的校长突然浑身抽搐，坠湖了，但才过了几个小时，他又像没事人似的来上班了。"

"我不想待在医院里。"

"嗯，后天来接你出院。"

"我们住哪儿呢？"

"我的单身公寓可以挤一挤。"

"咱俩的未来……你怎么看？"

"我相信未来会越来越好。"

"我说的是……咱们是不是需要个说法？"阿玲不好意思起来。

"我当然要娶你为妻。"汪若山反应过来，"我期待那一刻！"

"竟然要我逼你才说。"阿玲嗔怪道，与此同时，她的脸上浮现出红晕来。

"我要用余生好好保护你，咱们生一堆孩子，看着他们一个一个长大成人。"

阿玲用拳头捶了一下汪若山，他佯装负伤倒在床上，阿玲凑近看他的脸，这是一张她所信赖而深爱的面庞。汪若山扬起头冷不丁亲了阿玲一口，于是他们顺势接起吻来，直至护士推门进来将其打断。

医院不许探视者陪同过夜，晚些时候，他们纵然依依不舍，也只好道别。

又剩下阿玲一人了。

汪若山临走时带上了门。中途护士进来换药，走时门却没有关上，这些来去匆匆的护士，完全没有关门的习惯。

"这门为何没有自动关门的装置？"阿玲不禁摇头，"唉，随它去吧，习惯就好。"

汪若山的陪伴使阿玲心情转好，她继续捧起《G城生活手册》来看。这本手册列出G城的地图，切分成许多小块，每一块上又标注了一些公共场所，有美食店、酒店、景点、充电站、银行、超市、医院、商场等，应有尽有。书里还附着许多去过的人撰写的感想和心得，写得生动有趣。阿玲看得入了迷，心想待病愈后一定要和汪若山一起走街串巷，享受生活。

"女士，需要按摩吗？"

阿玲一抬头，看见了那个她曾见过的按摩师，这一次，他没戴口罩。

他又是飘然而至，没有征兆，没有动静。

阿玲着实被吓了一跳，向后骤然一缩，病床太窄，她差点跌落下来。

"哎哟，对不起！"按摩师连忙上前搀扶。

"别碰我！"阿玲小声喊道。

她站起身来，捂着伤处，那个基本愈合的伤口被掣了一下，疼痛起来。

"我应该敲门，但门是开着的。对不起，吓到你了。"

阿玲着实反感此人的面孔，他像个混血人，面色煞白，眉骨很高，眉毛几乎没有，眼睛却很大，又不是黑色，而是灰白色，嘴巴是一条薄薄的缝，唇色发乌，看起来简直不大像个活人。

但见按摩师讲话很有礼貌，阿玲也觉得自己刚才的反应有点夸张。

"我不需要按摩。"

"今天也不需要吗？我来过一次了，您说下次可以。"

"呃……按摩一次需要多长时间？"

"20分钟就好。试一试吧。"按摩师说着转身关门。

"别关门，开着吧！"阿玲连忙喊道。

"会打扰到别人。"

"动静很大吗？"

"倒也不会……"按摩师开始戴手套，然后走过来要拉开床尾的机关。

"我男朋友马上就到。"阿玲扯谎道，"我还是改天再按摩吧。"

按摩师露出无奈的神情，停下手中的动作，立在原地，愣了5秒钟，似乎在犹豫接下来该怎么办。

阿玲看着他，又瞟了一眼门，潜台词是：请出去吧。

"好吧……改天再来。"

按摩师脱下手套，塞进口袋，拎起那个黑盒子，转身向外走。

"请把门带上，谢谢！"

按摩师带上了房门。

3

高帅点燃一支烟，站在实验室外面的露台上，他望着校园里华灯初上的夜色吐出一个烟圈，这个烟圈旋转着向前缓缓移动。透过烟圈的圆心，恰好望见学校图书馆顶部凸起的那座大钟，时间显示，晚上六点半。

"你也不怕着凉，穿这么少。"汪若山从实验室出来，给他披上了外套。

"我心里热。"高帅深吸了一口烟，烟头的红光亮了足足5秒钟，一下子三分之一的长度变成了烟灰。

自从汪若山从山区回来后，工作的激情明显提高了。高帅知道这是爱情的力量发挥了作用。有和谐的感情做支撑，男人事业上往往更踏实、更卖力，好像要证明给爱人看似的。男人和女人有类似的嗜好，女人会向闺蜜讲述自己的男友多么优秀，男人也当然会向兄弟展示自己的女友有多漂亮。高帅对此有所不满，作为搭档和朋友，他竟然不把他苦心追来的伴侣介绍给自己瞧瞧，都回来一周了，连个影子都没见到。问起此事，汪若山含糊其辞，只说她暂时住在别处，晚些时候搬过来，搞得神秘兮兮。

"你不是戒烟了吗？"汪若山说。

"我经常戒烟。"高帅道。

"有损健康的事情，我不会做。"

"但你经常干更危险的事，比如去山区。我很好奇，你不会是找了个什么天仙吧？藏起来不让人看。"

"她刚回来就生病了，在医院，休息几天就回来了。"

"那我更得去探望一下嫂子了。"

"别别，不用，过两天我接她回来，回来再聚。"

"我的女朋友你可都见过了。你觉得她怎么样？"

"我实在是想不到你突然就离婚了。"汪若山摇头道，"然后你又这么快有了新女友，真是不得不让人产生联想。你和你前妻究竟是怎么回事？"

"一言难尽。离都离了，回头再说吧。"高帅顾左右而言他，"活在当下。你就说现在这个女朋友怎么样？"

"你正在兴头上，我能说不好吗？"汪若山无奈地说。

"客观点，该说什么说什么。"

"她跟刘蓝像是姐妹花。"

"对吧？你也发现了！"高帅兴奋地说。

"但是性格不同。刘蓝的眼神是清澈的，看起来相对单纯一点。丘贞我有点摸不透。"

"除了长得像，还有一个共性：她俩对男人都很主动。当然了，丘贞是对我主动，刘蓝是对你主动。对了，你可得避着点刘蓝，她的眼里只有你，别看你现在有了女朋友，但她保不齐还惦记着你呢。你小心犯错误。"

"呵呵，你别犯错误就成。"

"我和丘贞相处半个月，倒是挺愉快，但你说得有道理，我总有一种感觉，她好像有什么事瞒着我。我对她的身世很好奇，但她又不肯多说什么，我问她为什么不告诉我，她居然说跟我还不熟。哈哈，乐死我了，不熟还和我滚床单。"

"你打算娶她吗？"汪若山皱起眉头。

"还真把我问住了。我现在可没这个想法。"

"我估计你是一时被她的外貌吸引了。劝你不要为了谈恋爱而谈恋爱。"

"你是想让我直奔主题，现在就跟她求婚？"

"那倒不急。我是觉得，有的人，你看她第一眼就知道会不会娶她。如果不会，那就不应该浪费时间。"

"那是你！你一见钟情了。没几个人有这种运气。我第一眼没确定会不会娶她。但没准第二眼，或者是第二百眼，我觉得就是她了。当然，也可能到了第二百眼，才发现不适合结婚，然后分手了。就算结了婚也还可以离婚呢，离婚率现在那么高。我认为，人生不能太条条框框，要忠于内心的感受。"

"说得真好听。好吧，不聊这些了。"汪若山搓了搓手，转身要回实验室，"干活儿去吧。既然进展挺顺利，就再接再厉，干完了好能彻底歇一歇。"

最近校长抓得很紧，几乎是在逼迫汪若山完成科研任务，他想休息，但校长说市长派人来督导，没办法。他太需要有和阿玲单独相处的时间了。

当晚，从实验室出来，已经是晚上9点。这个时间，医院已经不许探视了，汪若山只好独自回到单身公寓，他计划明天接阿玲出院。医院里有人神秘失踪，的确让人紧张不安。他在犹豫，究竟是给阿玲在外面租个房子，还是他们一起住在学校里的单身公寓里。这两种方法各有利弊：外面租个房子，比较清静，他们可以独享二人世界，但要多花一笔钱；住单身公寓，能省点钱，但房间有点小，况且学校里都是熟人，怕山区来的阿玲一下子不好适应。想着想着，他便睡着了，多日来的忙碌工作让他太累了。

高帅却不会急着独自回公寓。他早已和丘贞相约去吃消夜。每天的这个时间，他的生活仿佛才刚刚开始。丘贞倒是总在敦促他好好完成工作，非但不会嫌他不花时间在她身上，反而会鼓励他以工作为重。甚至，当天的工作任务不完成，想见到她，门儿都没有。

他们此刻出现在G城最繁华的地区，一条1千米长的餐饮街，街道两旁灯红酒绿，熙熙攘攘。餐馆冒着袅袅烟雾，弥散着香喷喷的味道。人们就像被逗引的犬类，嗅着鼻子，一路追着美味。

他们挑中一家馆子，落座点菜。

要了一瓶酒，找来两只杯子，斟满。

"为了这个美好夜晚，干一杯！"高帅举起酒杯。

丘贞也笑着举起酒杯。

他们一饮而尽。

高帅觉得这酒比想象中烈。他放下酒杯，给丘贞夹菜。

"这家馆子我来过，这道糖醋排骨绝了，你尝尝。"

丘贞将排骨送入口中。

"嗯！好吃！"她点头赞赏。

"说真的，我恨不得每时每刻都和你这样待在一起。"喝了酒的高帅，说起情话来，眼睛都不眨一下。但这句话倒是他现阶段的真心话，一方面是因为科研太苦，一方面是因为情爱太甜。

"那可不行。你每天只有完成工作目标后才能见我。你今天干得怎么样？"

"说真的，我简直怀疑你是市长派来的督导。"

"别做梦了，你哪配这个待遇。哪有督导陪你逛街，陪你吃饭，陪你……"

"陪我什么？"高帅坏笑起来，"这个糖衣炮弹我吃，我特爱吃。"

吃到八成饱，高帅掏出烟盒，取出一支香烟，横在鼻子上嗅了嗅，用打火机点燃，深深吸了一口，鼻孔吐出长长的烟雾来。

"你感冒了吗？"丘贞说，"这两天天气突然变冷，容易感冒。我包里有药，你吃一片，预防一下。"

"你怎么知道？"高帅摸了摸自己的额头，不知道是不是心理暗示，他竟有点不舒服的感觉，"好像是有点烫，可能是刚才穿着单衣在露台上冻着了。"

"你用鼻子吐烟，一个鼻孔出烟，另一个鼻孔不出烟。鼻塞了。"

"我发现你不仅细心，还是个挺幽默的人。"

丘贞低头从包里取出药瓶，倒出一粒白色药片，又倒了一杯水，递给他。

"我真的开始考虑汪老师今天问我的问题了。"高帅接过药片和水。

"什么问题？"

"他问我是不是想娶你。"高帅将药片送入口中，又喝水吞下。

"呵呵，你怎么说？"丘贞扬起下巴，歪着脑袋问。

"想啊！"高帅放下水杯，双手合十，十分虔诚。

"好啊！"丘贞笑着说。

"你答应了？"高帅眼睛瞪得老大，"我还不知道你的身世。只知道你的名字和你的模样。"

"等你完成目前的科研任务吧。到时候你来娶我，我告诉你我的故事。"丘贞收起了笑容，一本正经道，"工作完不成，你也没心思和我度蜜月。"

"你肯定是市长或者校长派来的探子！"高帅双手捂脸，仰天瘫在沙发上。

4

G城大学教职人员的住所是统一安排的公寓。这些公寓通体白色，一共3栋，每栋30层。单身职工住一室一厅的房子；已经结婚组成家庭的职工住两室一厅的房子。

汪若山目前当然是只有一室一厅的房子。他带着阿玲回到校园里时，已是夜晚，外面下着冷冷的雨。

汪若山在屋内放置了几盏落地灯，这些暖色的光源营造出温馨宁静的氛围。墙壁是白色，地板是原木色，家具是白色或者咖啡色。这些色块的搭配，使人舒心。

风尘仆仆的二人，分别去浴室洗了澡。阿玲换上了汪若山递给她的干净衬衫。宽大的男士衬衫套在阿玲身上，反倒显得别有风韵。汪若山望着眼前这朵出水芙蓉，不禁心神摇曳。

他们终于安心下来，干干净净，拉着手，坐在客厅的沙发上。

汪若山起身给阿玲倒了一杯热牛奶。

阿玲接过水杯，喝了两口，捂在手里，走到朝南的窗户边上。整个校园的景色尽收眼底。地面被雨水打湿后，有利于反射光线。路灯及建筑物的装饰灯，还有几百个窗户里透出的光线，和地面的反光结合在一起，交相辉映，使得校园夜景晶莹漂亮。

汪若山凑过来向她介绍那些漂亮的校园建筑，教学楼、实验楼、运动场、游泳馆、图书馆、餐厅、医务所、咖啡厅、超市、电影放映厅、大礼堂、游艺区，应有尽有。

"我原本想给你在外面租一间房子。"汪若山说。

"这儿挺好的。"阿玲喝了一口牛奶说。

"嗯，住在这里，我每天工作一结束，就能立刻回来看到你了。不过，以后还是需要一套大些的房子。我会向学校申请。"

"嗯，一切都好。"阿玲点点头。

"你好像不太高兴。"

"我的心放不下，高兴不起来。"

"是你爸爸？"

"我心很痛，我担心他已经……"阿玲眼里涌出泪花。

"我相信他会保护好自己的。"虽然如此说，汪若山也并不抱希望，当时的局面，可谓绝境，但他只能安慰阿玲，"我会去找他的。"

"嗯，好。"阿玲点点头，眼泪滑过面颊，"就算他已经离开这个世界，也应该有个墓碑，我能去祭奠他。"

阿玲比汪若山想象的更加坚强。

"放心，这件事交给我办。最快下周就能去。"

"嗯。"

"还有什么任务？你尽管吩咐。"

"还有，你每天别回来太晚，我不想总是一个人待着。"

"我也想和你多多待在一起。"汪若山从后面抱住阿玲，闻到了她头上淡淡的洗发香波味。

"牛奶还有吗？"阿玲举起杯子道。

汪若山接过水杯，给阿玲续牛奶，又递回给她。

"你这间屋子可真干净。"阿玲这时才稍稍放松了些，开始环顾四周，观察房间里的陈设。

"我是爱干净，但这并不是我的功劳，学校派保洁人员打扫，每天如此。工作完回家一进门，就是这样一尘不染。"

"学校真好。"

"并不是每个人都被这样对待。我特意留意了一下，其他教师没有这样的待遇。"

"学校对你格外关照？"

"的确是这样。"

"为什么呢？"

"我也不知道为什么。但谁会阻止别人对你好呢？我也只好受着了。生活上被照顾，但工作很辛苦。我和助手最近在赶科研进度，每天脱一层皮。"

"你的工作，我可一窍不通。山区太闭塞了，没什么文化，你不会嫌弃我这一点吧？"

"那怎么会呢。你身上有最可贵的品质。"汪若山的笑容由衷而温暖。

他抬头看了看墙上的挂钟，已经是晚上11点了，到了休息时间。

"你会不会困了？要不要早点休息？"汪若山道。

阿玲望了一眼床，大小介于单人床和双人床之间，对一个人来说比较宽，对两个人而言比较窄。

汪若山也顺着阿玲的视线望着那张不甚宽大的床。

他们对视了一眼。

阿玲脸红了，低下头来。

汪若山也尴尬地挠了挠后脑勺。

第五章

彗星冲撞

1

缠绵之意，暂不尽言。

早晨起来的时候，阿玲望着汪若山的脸凝视良久，后者睁开眼睛，也看到了她，他们相视而笑，拥抱彼此。

大概全世界相爱的人，在这个阶段和时刻，都会流露出同样的神情，表现出同样的举止。他们的脸上，都会写着两个字：甜蜜。

汪若山做好早饭，等阿玲来吃。

"以后，这种事情就由我来做吧。"阿玲吃着煎蛋笑着说。

"看来你做好当贤妻良母的准备了。"汪若山用温柔的眼神望着她，"下周咱们去登记结婚。"

"好，听你的。"阿玲红着脸说。

"这个世界不完美。"汪若山感慨道，"但是我的生活接近完美。"

"世界很不完美吗？"

"你生长在山区，可能对这个世界的全貌并不了解。"

"我的确是第一次来城市。"阿玲坐在沙发上抱着抱枕说，"但山区也是世界的一部分呢。"

"比起城市，我更热爱大自然。"

"城市不是大自然的一部分吗？"

"城市是人为的，大自然是地球自有的。"

"我喜欢山区，但不讨厌城市。城市很便利。"

"嗯，城市和大自然都是地球的一部分。"

"地球很大吗？"

"怎么说呢，曾经很大，现在很小。"

"没听明白。"

"地球半径约6371千米，赤道周长40076千米，两极稍扁，赤道略鼓，是个不规则的椭圆球体。表面积5.1亿平方千米，71%是海洋，29%是陆地，所以，在太空中看地球是蓝色的。"汪若山说着摇了摇头，"现在，看起来要更蓝了，地球应该改名叫水球。"

"你对数字的记性可真好。为什么更蓝了？"

"那次天灾之后，我们所剩的陆地，已经不足地球总面积的1%了。"

"那次天灾，我听爷爷说起过。很久很久以前的事了，像个传说。爷爷说发洪水了。"

"这并不是像《圣经》上描述的那种传说故事。这是事实。"

"真的吗？"

"千真万确。彗星撞击地球导致了洪水。"

"什么是彗星？"

"一颗拖着长尾巴的巨型雪球。也有人叫它'扫把星'。这个名字起得可真好，它将人类扫地出门。"

"你说的这个故事倒更像传说。不，像童话故事。"

"我需要花些时间和你讲清楚这些事。"

"你讲吧，我听着。"

"彗星绕太阳运动。彗星有彗核、彗发、彗尾三个部分。彗核的主要成分是冰。彗星接近太阳时，彗核物质升华，在冰核周围形成朦胧的彗发和一条稀薄物质构成的彗尾。由于太阳风的压力，彗尾总是指向背离太阳的方向，那是一条很长的尾巴，一般长几千万千米，最长的有几亿千米。因为形状像扫把，所以有人叫它扫把星。"

"它撞击了地球？"

"这种事迟早都会发生。天上不时会掉下来些什么。彗星或者小行星。比如历史上的那次著名的通古斯大爆炸，就是小行星撞击地球造成的。确切地说，它并没有撞击到地面，而是在空中发生了爆炸。"

"什么时候的事？"

"1908年6月30日7点43分。"

"你记得可真清楚。"

"对G城的人来说，这是常识。类似事件，与地球的命运息息相关。"

"撞击很猛烈吗？"

"形成了直径200米的爆炸坑，2000平方千米的森林被冲击波击倒，有30万棵树呈辐射状死亡。据说释放出的能量相当于30年后广岛原子弹爆炸能量的1000倍。"

"原子弹？"

"也就是核弹，这涉及核能。"汪若山蓦然觉得，他不能偏离主题，否则需要解释的事情将越来越多，"原子弹先不讲。总之'通古斯大爆炸'的那颗小行星，直径才几十米，而且爆炸发生在荒无人烟的西伯利亚，所以没有造成什么人员伤亡。比起后面的一次，是小巫见大巫。"

"还有更严重的？"

"2077年9月11日9点46分，欧洲东部的天空中出现了一颗炫目的火球，越来越亮，它甚至比正午的日头还要刺目。那颗火球划过天际，起初没有一丝声响，只留下滚滚烟尘。但随后，巨大的声响导致超过100万人的听力受到永久损失。"

"这么多人？真不幸。"

"不，他们是幸运的。他们只是损失了听力，而另一些人却付出了生命。这次撞击地球的也是一颗小行星，由2000吨岩石和金属构成，以每秒50千米的速度撞向了意大利的北部平原，有两座城市直接从地球上消失。从天而降的这一记重击，亚得里亚海掀起了滔天巨浪，巨浪直扑陆地，威尼斯沉入海底。60万人死亡。这是一个大清早短短几分钟内发生的事情。"

"太可怕了!"阿玲瞪大了眼睛,"威尼斯?我都不知道有这么个地方。"

"当时的地理和现在的地理截然不同。"

"不做些什么预防这种事情的发生吗?"

"你说得对,应该预防,所以没过多久,就启动了'太空卫士'工程。"

"那是什么?"

"把原本用来指向他国的核武器,指向了太空,拦截那些不速之客。"

"管用吗?"

"要是管用的话,也不会有后来的洪水了。"

"还有更吓人的?"

"最近的那一次,2099年1月4日,一颗彗星撞击了地球。"汪若山摇摇头苦笑,"我也搞不明白,为什么在短短200年间,地球会经历这么多次重创。"

"这次撞击的力度更大了吗?"

"那是一颗巨大的彗星。彗核的直径达到了13千米,质量超过5000亿吨。"

"20米的小行星造成了通古斯大爆炸,13千米的彗星……"阿玲摇着头说,"不敢想象!"

"地球向它发射了核弹,将它分裂成了三块,却几乎没能变更其轨道,依然朝着地球飞来。人造武器比起大自然的力量,实在是微不足道。另外,核弹的命中导致部分彗核碎裂成为无数细小的碎块,成为带着核污染的流星雨,这些碎块在大气层燃烧,造成了大范围污染。"

"一定又有许多人死了。"

"人类几乎覆没。整个地球变成了一个水世界。幸存者不得不启动

'方舟计划'。'亚洲一号方舟'搭载着一万名幸存的人类，在经过了一年的海上漂泊后，终于找到了一块30万平方千米的陆地——青藏高原，这是地球仅剩的一块陆地，也可称其为孤岛。于是人类上岸，高原纪年正式开始。经过100多年的发展，高原人口达到了10多万。这些人分裂成两派。一派人认为，彗星撞击地球是上天对人类过度自信的惩罚，科技是人类遭受灾难的罪魁祸首，于是他们选择去了山区，过上了原始生活；另一派当然不信这些，他们着手重振人类昔日的辉煌，所以生活在G城，保持了大灾之前的生活。"

"原来是这样……"

"现在看来，两边发展得都还不错，繁衍生息，已经有第四代了。高原地区的人口增长比较快，已经有30万人了。G城人口增长缓慢，目前是15万人。"

"我不知道的太多了。"阿玲出神地说，"和你在一起，好像打开了一扇新世界的大门。"

"一扇幸福之门。"汪若山搂过阿玲，摸了摸她的头，不经意看到了墙上挂的钟表，"遭了，上课要迟到了。"

2

汪若山留恋阿玲带给他的温柔乡，这是他们第一次同宿过夜，让他感到一切美好的事物都在向他涌来。有稳定的工作，有科研目标，还有相爱的人在一起，似乎真的是打开了一扇幸福之门。

他站在讲台上的时候，红光满面，精神振奋，显得比平时更加帅气。他侃侃而谈，整堂课被他讲授得妙趣横生。

下课的时候，他被一个人拦住了。

这人是谁呢？

刘蓝。

"这么说，你确定要和她好了？"刘蓝瞪着水汪汪的大眼睛如是说，因为过于激动，作为学生，在称呼老师的时候，连敬语都忘了加。

说话的时候，刘蓝的手里拿着一支包装起来的钢笔，钢笔装在一个朴拙的木盒子里，上面系着蓝色丝带，打出一个蝴蝶结。这大约颇有寓意，爱好户外探险的汪若山仿佛那个朴拙的木头盒子，蓝色的蝴蝶结就是刘蓝，她在想方设法捕获他的心。

而盒子里的那支精美的钢笔，对一个尚未毕业的学生而言，购买它算是下血本了，几乎要花掉她两个月的生活费。

看见礼物的这一刻，汪若山才想起今天是自己的生日。

汪若山从来不过生日。于他而言，喜欢过生日的人很奇怪。为什么自己出生的日子就非得那么去纪念？如果非要纪念，那个日子应该叫"生孩日"，作为一个母亲可以去纪念，毕竟那一天她将一部分基因传了下去，并且怀胎十月不易，变得肥胖，伴随孕吐，加上生产时的剧痛，这一切都是刻骨铭心的，是自然会记住的。至于小孩子，懵懵懂懂，什么都不知道。退一万步讲，我们都是宇宙里的原子，借父母的机缘临时聚合在一起形成我们而已，不值得那么强调。

当然他不会反对别人过生日，他不是把标新立异和格格不入写在脸上的人。至于他自己，他就是不过生日。有时候已经过了那个日子，才蓦然想起来。又过了些年，他快要忘记自己是哪天生的了。

但一个漂亮的小姑娘睁着水汪汪的大眼睛捧着一件精美礼物奉上，这多少让他心里美了一下，甚至体验到一丝爱情的味道，要是他们真的能在一起，也许并不坏。当然，这是倏忽的一个闪念，是幻觉，和多情没关系，和背叛更没关系，更像是人之常情。尽管如此，他也随即在心里将自己批判了一通。

听了刘蓝的那句质问，汪若山哭笑不得，她的语气就好像他出轨了一样。

更让他尴尬的是，此刻正是上午最后一节课下课的时候，地点是在讲台旁边。虽然学生三三两两都去了食堂吃午饭，但毕竟还有几个没走掉的，显然，他们也听见了那句话，因而窃窃私语起来。汪若山的内心坚如磐石，凡事也都立场坚定，在学生中间不轻易流露感情，学生们对他的印象基本上就是学识渊博和不苟言笑。但此刻他的脸上却红一阵白一阵，方寸即将乱掉。因为刘蓝说话的声音有点颤抖，似带着哭腔，而且双眼竟然闪动着泪花，眼泪几乎要夺眶而出了。

"是的。"汪若山肯定地说。

终于，她的眼泪，和她手中的钢笔，同时掉了下来。

女孩子哭起来，大概最能使风度翩翩的君子或者外表刚毅的硬汉手足无措了。男人也顶不喜欢在公共场合站在哭泣的女人身边。汪若山连忙扫视了一下后排几个正在收拾文具的学生，与他们目光相交。学生们有的躲开了眼神，有的抿嘴而笑。他们既想匆匆溜走，又想看好戏。

汪若山伸手想替她擦眼泪，但手在触碰她脸颊的一瞬间又缩了回来，就像手碰到了烧红的烙铁。他掏出裤兜里的纸巾，递给刘蓝。

刘蓝接过纸巾，却没有去擦眼泪，只是揉成了团，攥在手里。

刘蓝实在太大胆并且率真了。汪若山寻思该怎么应对，是斩钉截铁讲出一番能让刘蓝断了念想的话，还是给她一个台阶下，别让她此刻太难堪？他有点拿不定主意。

有两个学生，原本要出去，此刻却又坐了下来，在课桌上摊开了书本，眼睛却没有专注于看书，而是时不时望向讲台。

汪若山弯腰捡起了掉落在地上的钢笔。

"谢谢你……"汪若山说。

"但是我觉得你们不合适！"刘蓝打断了他的话。

"咱们能不能借一步说话？"汪若山擦了擦额头上的汗，小声说，"我请你吃午饭吧，不在食堂，去校园外面的餐厅。"

"你是想和我约会吗？"刘蓝说着用手背抹了一把眼泪。

"我想和你把话说清楚。"汪若山的声音更低了。

"好吧，那走吧，我饿了。但是我不想听坏消息。"

"你去'雪山餐厅'，我稍后找你。我先去趟洗手间。"

"我也去洗手间，脸都花了。"

"好吧。"汪若山说着便径直走出教室，或者说逃出教室，朝走廊尽头的洗手间走去。刘蓝紧随其后。

3

阿玲吃完早餐，沉醉在幸福之中的她正在厨房清洗餐具，抬头望向正对着水池的窗外，那是校园北侧围墙外的马路。因为校区的缘故，马路两边很热闹，各种招牌琳琅满目。

一个按摩的招牌映入她的眼帘。

看到"按摩"二字，她心里咯噔一下。

她想起住院期间那个神出鬼没的按摩师。

他让她感到后怕。

虽然护士说有好几个外聘的按摩师为病人提供服务，但她觉得那个她所见到的按摩师并不是他们其中的一员。

若问阿玲如何知晓，她只能说那是直觉，其中包含着对他的动作和语气的判断。他让她感到很不舒服。

那个名叫赵健的人失踪了，他是谁，他因何凭空蒸发？这些问题萦绕在阿玲心头。此事后续如何，阿玲不得而知。

汪若山曾对她讲：怪事背后，必有隐情。

事实的确如此。

接下来，就要说说这个诡异的按摩师。

几个月之前，这个按摩师遇上了麻烦事。

他叫巫桑，35岁，作为按摩师，凭手艺赚钱，不求人，喜欢他的手艺你就来，不喜欢你就路过。反正他对生活没有什么物质上的奢求，吃饱穿暖就可以了。

纵然技艺甚好，但他坚持不开按摩馆，总是上门服务。

奇怪的是，他只在中午12点前提供服务。早上5点起床，吃早饭，通常是吃一点燕麦片、一个鸡蛋，再加上一种时令水果。吃完饭他会洗个澡，换上干净衣服，把鞋擦得锃亮，然后驱车出门。出门接第一单生意，通常是6点钟。到上午12点的时候，他能完成差不多6单生意。

12点之后的时间，就全归他自己了。最后一单做完，他会回家做一顿丰盛而健康的午餐，他会查菜谱，做试验，那些食材在他手中变成美味。然后他会拿出银制的餐具进餐。家里最值钱的东西就是这套餐具，餐具摆在桌上，就有了仪式感，他喜欢仪式感。无论是按摩还是享用美味，在他看来，都是颇有仪式感的事情。在所有烹饪的环节里，他揉面揉得格外好。

吃完午餐，他下午会去G城的街心公园喂鸽子，半斤重的面包，一点一点揪下来，丢给飞来飞去的鸽子，能消磨好几个小时。傍晚，他会在外面用餐，品尝那些不贵但味道极好的小吃。吃完晚饭，就是看戏的时间，通常晚上7点开演，9点结束。看完戏，他回家泡脚，喝杯红酒，躺在床上就寝，基本上10点钟就入睡了。

从他一天的日程可以看出来，他是个并不复杂的人，生活规律而单调，他是单身，一人吃饱，全家不饿。他倒很满意这种状态。这种钟摆一样的日子，让他很享受，他喜欢一成不变，他害怕有什么意外打破这种平衡。

他的手艺之好，曾使一个患腰椎间盘突出的中年人，在接受按摩之后说了一个成语：脱胎换骨。

但人们也抱怨他，抱怨他一天只接6单生意，不容易排上号。有不少人建议他开一个按摩馆，他却不为所动。

直到有一天，他在外出服务的路上，发生了一次车祸。

这次车祸使他谨小慎微起来。

每天上午驾车跑6个地方，这是有风险的，他如是想。

于是，他不再开车出门，他把家里的客厅辟出来，变成按摩馆，从满城跑变成几乎足不出户。

客厅里有一个屏风围起来的地方，里面有一张按摩床，枕头的位置，有一个洞，客人可以脸朝下埋在那里，保障呼吸顺畅。

在开业那天，一大早，第一个顾客就出现了。

他站在门口，50岁左右，样子不太讨人喜欢，身材粗壮，脸色黝黑，好像在什么地方长时间经受了太阳的暴晒。

"您来了，请进。"巫桑客气地说。

那人盯着巫桑的脸看了看，然后一声不吭地脱去了外套，挂在门口的衣架上，向前走了两步，似乎左腿有点瘸，但不严重。

"您打算按摩多久？"巫桑问。时长不同，收费也不同。

"随便按按吧。"客人说，"你看着办。"

他似乎有点困，趴下没多久，就没了动静。

"最近有点累吧？"巫桑问。同时他也心想，要是完全睡着了，按摩起来也不大方便。

"嗯。"客人哼了一下，表示同意。

巫桑有个习惯，他喜欢推测顾客的职业，而且常常能猜对。可是今天这位来客，他却怎么也判断不出他的职业。今天是工作日，大清早，才不到7

点钟，他就登门做按摩，就好像是退休的老人一样。但显然，他还没到退休的年纪。

这位客人身上还带着一点诡异的、不安全的气息。

"以前没见过您。"巫桑一边按摩一边问，"是住在附近吗？"

"你也是第一天开业吧？"客人没有回答巫桑的问题，却反问道。

"是的。"

"我听人介绍过你，说你的手艺不错。"

"过奖了。"巫桑犹豫了一下，又问道，"您是做什么工作的？"

"你看我像干什么的呢？"客人再次没有直接回答问题。

"我原本善于猜测客人的职业，但我却猜不出您的职业。"

"比如呢？不妨猜一次。"

"警察？"巫桑说，"但您没有穿警服。可能是便衣警察。"

"呵呵，你以后会了解我的。我以后可能经常来这里麻烦你给我按摩。"

"谢谢照顾我的生意。"

"你是叫巫桑吧？"这时，客人已经翻身到了正面，脸冲上躺着，他睁着一双大而长的眼睛看着巫桑。

"是的，您怎么知道？咱们可没见过面。"

"我见过你。你的事情我知道。"

"什么事情？"

"一个月前，你开车撞了一个人。"客人以平静的语气说道。

巫桑一下子呆住了，脸色骤然间变得煞白，想掩饰也掩饰不住。

但客人的神情似乎很轻松。

"那个被撞的人死了。"他轻描淡写地说。

"你说什么？"巫桑的额头上冒起了一层汗珠。

"你出事以后，没有看报纸吗？不可能，你一定会看报纸，知道那个人已经死了。"客人瓮声瓮气地说，"当时没有人在场，那个街角非常僻静。警察也查不出肇事者。"

"我不明白你在说什么。"巫桑停下了手里的动作。

"你不用担心。只有一个人亲眼看到了。那个人就是我。"

"你想怎么样?"巫桑紧张道,"我不知道为什么那个人突然从街角蹿出来,我根本来不及刹车。"

"我猜你是喝酒了。"

"我只是临睡前才会喝酒,我会喝红酒助眠。"

"但是,那天你喝多了吧?"客人笑着说,眼睛眯成了一条缝。

4

巫桑那天岂止是喝多了,简直是相当多。

那天傍晚他照例去看戏,一部讲述捉拿杀人凶手的恐怖戏剧。

他很喜欢看恐怖剧,他曾反思过此事,后来发现了原因:当戏剧散场的时候,他发现自己并非身处恐怖的环境里,心情会变得很好。

但是,因为堵车的缘故,当晚他抵达剧院的时候,戏已经开场10分钟了,开场5分钟就不再售票了,于是他打破了平日的规律,没有看戏。

站在剧院门口的他,竟有点无所适从。

一个妙龄美女从售票处出来,也在剧院门口站着,显然,她也没看成戏。

"没票了。"美女像在自言自语,又像在说给他听。

"是没票了。"巫桑说。

"我知道有个地方也能看戏,比这里晚开始半小时,还能来得及。"

"哪里?"

"迈幕。"

"那是个什么地方？"

"去了就知道了。你开车了吗？"

"开了。"

"可以搭顺风车吗？"

"好吧。"巫桑不知道用什么理由拒绝。

原来迈幕是一个酒吧。酒吧里面怎么看戏呢？这个酒吧有个舞池，经常上演哑剧。这些剧通常都会令人捧腹。有时候也会上演恐怖剧，演员甚至会扮鬼从观众席里突然跳出来，吓得人们尖叫声四起。

于是，很自然地，巫桑和美女找了个适合观看哑剧的位置坐了下来，他不免请她喝酒。一切都是那么离奇，一切又是那么自然。

这是一个艳遇的机缘吗？

巫桑是没有胆量胡来的，于是他不停地喝酒壮胆。

平时都喝红酒，那天喝的是啤酒。似乎换酒喝更容易醉。他喝了很多，很快就晕晕乎乎了。他几乎忘记那天是怎么回的家。

对了，他是开车回的家。最后一幕是她送他上车，叮嘱他路上注意安全。他发动汽车驶离的时候，从后视镜里看到她站在原地目送他。她站在迈幕酒吧那霓虹灯招牌下挥着手同他告别。霓虹灯所勾勒出的背景，恰好是一张巨大的小丑的脸。

"为什么没有留下电话号码？我可真是个笨蛋，这一晚上都干了些什么？像个愚蠢的酒鬼，只知道不停地喝酒。"开车时，巫桑对自己当晚的表现很懊悔。

他晕头晕脑地开车，几乎迷路了，有那么一个念头闪过脑海：醉驾。他这是醉驾，抓住了可是要坐牢的！这么想的时候，他惊出了一身汗。但是此时他离家不到3千米了。

"再坚持一会儿吧，就快到了。"

事故的发生，总在一瞬间。

当汽车驶到一个偏僻的十字路口的时候，有个人突然从街角蹿了出来，在巫桑看来，那个人简直像要自杀。他看起来十分臃肿，穿着厚厚的衣服，好像还戴着一顶摩托车头盔。一声闷响过后，巫桑的汽车停在了碰撞地点超出20米的地方。他透过后视镜看到那个被撞倒的人躺在地上，一动不动。

巫桑吓坏了，他的第一反应是下车查看伤者，他的确是从车上下来了，甚至朝着伤者走了几步，但他蓦然想起自己喝了那么多酒，如果撞死了他，而且被警察抓住，后果不堪设想。

想到这里，巫桑后退几步，又坐回车里。他一脚油门踩下去，没多久便回到了家里。停好车后，他下车检查，发现右前灯有些许破损，但不严重，他寻思也许撞得不重，那个人可能只是一时间爬不起来了。

但他心里还是没谱，于是又连夜把车停在了一个很偏远的地方，用一个巨大的塑料罩子罩住了车，然后搭乘出租车回家。

此后，他决定暂时不再开车出门。

他改造客厅，从上门服务变成在家揽客。

发生事故的第二天，报纸上说本市某地某时发生交通事故，行人被撞伤，昏迷不醒。巫桑非常紧张，他希望伤者能醒过来。但此后的报纸上却没了下文，并未对此事进行跟踪报道。

又过了一周，就是巫桑在家开业的第一天，他遇上了那个客人。

"你可以叫我阿正。"客人保持着微笑。

"你想干什么？"巫桑擦了一下额头上的汗，面部紧绷起来。

"你的脸色怎么这么难看？放心，我不会对警察说什么的。还是按摩要紧。我背上有点痒。"阿正背过身去，再次趴下来。

巫桑回过神来，伸手去他背上挠了挠。

"你会不会趁我趴着不注意，谋害我呢？"阿正冷不丁地说。

巫桑咽了一口唾沫，不知如何回答，手中的动作变得更加轻柔和小心翼翼。

"你那辆车最近不开了吧？最好不要开出来。"阿正接着说。

"你究竟想做什么？"巫桑被阿正的话里有话搞得有点恼怒，"你是想敲诈我吗？"

"别紧张啊！看来我不该提这些令你不快的事情。老实讲，我一上按摩床就有点犯困。我不说了。我打算睡一觉。"阿正说完，不多时就没了动静。

巫桑看着背对着他的阿正，他从未像此刻一样厌恶一个人。但他告诫自己要镇定，一定要镇定。

他从这里出去是想报警吗？不会，要是报警，早就报警了，不会等这么多天。但是，他会不会真的是打算敲诈？

巫桑的按摩馆才刚刚开业，此前上门服务虽说攒下点钱，可也的确没多少，才20万元。因为他并不贪图更多，上午工作下午休息，自然赚不了多少钱。阿正要是勒索，会勒索多少钱呢？

活干完了，阿正似乎很满意，他下床后，站在地上十分惬意地伸了个懒腰。

"你手上的功夫可真不赖。你干这一行已经很久了吧？"

"15年了。"

"不错不错。那我就不用担心你站在我背后突然失手扭断我的脖子了。"阿正笑着说。

巫桑不得不承认，在阿正讲到他是唯一的目击证人的时候，他心里真的起过杀念，但那只是一瞬间，而且，他为自己有这个念头而震惊。他无法将自己与"杀人"联系起来。但他转念又想，10天之前，他已经杀过一个人了，那个横穿马路的不幸的人。

"今后，我会时常光顾这里的。"

"时常？"

"我喜欢和专注的手艺人打交道。对了，今天的按摩，多少钱？"

"150元。"巫桑本想给他免单，但又怕显得自己太殷勤。

"这么好的手艺，这价钱不贵。"

阿正拿出一张纸条，在上面写上"150元"几个字，递给巫桑。

"因为以后可能经常用到，所以我提前印了许多这样的纸条。这张收据不代表我欠你的钱，而是代表着你欠我的钱哦。我每个月来和你结一次款。"他微笑着说。

巫桑一看，纸条的上面和下面分别印好了"巫桑按摩馆"和"阿正"的字样。他不禁头皮发麻，阿正既然提前印好了这么多收据，可见他是打定主意要敲诈了。巫桑给他按摩，还要倒贴钱。今天能填写150元，下一次就能填1500元，再下一次呢？巫桑越想越怕。他最难受的还不是钱，难受的是被人抓住了把柄。这件事最终会怎样，会不会到头来还是要坐牢或是抵命？

当晚，巫桑做了噩梦。他梦见那个被撞死的人趴在他的床边，浑身是血。

他喊叫着从梦中惊醒，大汗淋漓。

5

果不其然，几天后，阿正又来了。他出现在门口，手中拎着一个大约3升的长方形黑盒子。

巫桑想装作没看见他，但他并没有客气，径直走入门厅，在一张椅子上坐了下来。一旁的小桌上有个果篮，里面有三个苹果，还有一把水果刀。阿正拿起水果刀，又拿起一个苹果，慢条斯理地开始削苹果。

当时巫桑正在为一个老顾客按摩，原本接近尾声了，但巫桑却毫无停手的意思。

"今天这一单做完就打烊了。我要外出。"见阿正不走，巫桑没办法，只好变相地下逐客令。

"要驾车出门吗？最近交通事故可不少呢。"阿正拿起削好的苹果，咬了一口。

提到交通事故，巫桑心里咯噔一下。哪壶不开提哪壶。当然，他知道他是故意当着别人的面这么说的。他不知道他接下来又要说出什么吓人的话来，于是只好打发走了刚才那位顾客。

现在屋子里只剩下他们两人。

"这些客人是临时来的吗？"阿正问。

"都是上周预约好的。"巫桑说。

"嚯，不错。手艺好，回头客多。你攒下不少钱了吧？"

"你今天是来按摩的吗？"

"当然。"阿正从怀里掏出上次那种纸条，"但今天咱们先谈好价钱。多少钱来着？我记得上次是150元？"

"75元。"巫桑故意把价格降低了一半。

"嚯，还打折？真值！"阿正在纸上填写金额，然后递给巫桑。

巫桑一看，脑子里嗡的一下。那个金额是1500元。

他差点骂出了声，但他只敢在心里咒骂。

"多写了一个零？"巫桑抬头问。

"没错，多么合理的价格啊！"阿正说着脱下了外套，趴在了按摩床上。

巫桑顿了顿，做了一个不太明显的深呼吸，开始给阿正按摩。

"你手艺这么好，我会经常光顾这里的。"趴在床上的阿正瓮声瓮气地说。又过了两分钟，他竟打起了呼噜。看来他说得没错，他一躺在按摩椅上就犯困。

巫桑突然看见了小桌上那把水果刀。要是趁他现在趴着看不到，用那把刀往他后背狠狠地扎下去，正好扎在心脏的位置，就能一命呜呼，这个巨大的威胁就将不复存在，他就能松一口气了。

但如何处理尸体呢？很多凶杀案不都是因为尸体的线索最终败露吗？

反正在自己家里，可以把门锁上，慢慢处理尸体。想到这里，巫桑停下了手里的动作，两只脚不自觉地向水果刀的方向走过去。

"怎么停了？"阿正突然说话了，而且他抬起了头，望着巫桑。

此时，巫桑手中正握着那把水果刀。

空气在这一刻凝固了。他的心脏怦怦直跳。他竟然真的动了杀念，并且看起来将要付诸实施，想到这一点的时候，巫桑被自己吓坏了。

"很好！"阿正哈哈大笑起来，"我没有看错人。"

"我等你醒了好翻身。"阿正连忙拿起一个苹果，做出削皮的样子。

"我趴着你不正好下手吗？"

"下什么手？"巫桑装傻。

"我考察你很久了。"

"考察我？考察我什么？"

"你是个情绪比较稳定的人。但我还是要告诉你，你还不够冷静，你不能靠愤怒和仇恨去杀人。"

"我不懂你在说什么。"

"别装了。你刚才想杀我灭口。"

"我没有……"

"别怕，我来这里，是和你谈合作的。"

"合作？合作什么？"

"杀人。"

"什么？"巫桑以为自己听错了。

"放心，你不会有危险。并且，你的报酬将十分丰厚。"

"听着，我不知道你是谁，也不知道你为什么要挟我，现在还让我去充当杀手，好端端的，我为什么要去杀人？你是个疯子吗？请你出去，否则我要报警了！"

"报警？哈哈哈……拿起桌上的电话，你现在就报。"阿正拿起了电话听筒，"需不需要我来帮你拨号？"

巫桑愤怒地走了过去，拿起电话拨号，但他蓦然想起了什么，手中停止了拨号的动作。

"对吧？你发现自己已经杀过人了，一个杀人犯去报警，是去自首吗？"

"你到底是谁？"巫桑气急败坏。

"你不用知道我是谁，但我可以告诉你我的背景很硬，比你想象中的还要硬，这也是你不必担心我给你指派工作的原因。你醉驾撞死人还逃逸，这个罪过可不轻啊。你接下来将受雇于我，我不但可以让你洗脱罪名，而且会让你获得丰厚的报酬。你将为我工作半年，半年之后，你获得自由，但你要去其他地方生活，不得待在本市。离开后，你尽可以过悠闲舒服的日子，因为你将实现财务自由。"说着，阿正从怀里掏出5万元，拍在了巫桑的手心里。

"不行！"这5万元仿佛烫手的山芋，巫桑缩回了手。

"那我可要打个电话了。"阿正转身拿起电话，拨了个号码，很快接通，"这里是32街派出所吗？"

巫桑连忙扑过去摁掉了电话。

"别！"巫桑说。

"两条路，看你怎么选。"阿正放下了听筒。

"但是你让我去杀人。"巫桑颓丧地跌坐在椅子里，"我可下不去手！"

"我接下来让你做的事，比你想象的可要容易得多。因为正好可以和你的职业结合起来。"

阿正说着，拎起了他进屋时带来的那个黑盒子，将它放在桌上，盒子顶端有个红色按钮，他按下了那个按钮，盒子打开了。

巫桑凑上去一瞧，里面躺着一件样式古怪的仪器。

第六章

阴谋浮现

1

在校外餐厅里，汪若山和刘蓝爆发了一段咄咄逼人的对话。如果在20米外，仅仅看他们的肢体语言以及神情，忽略他们的声音，旁观者会以为他们在辩论某个学术问题。

"汪老师，你为什么不能正视你的潜意识？"

"潜意识？"

"沉淀在你内心深处的真实想法。"

"你认为我内心深处的真实想法是什么？"

"你是欣赏我的。"

"我是欣赏你的，但是……"

"但是，通过多次的接触，这种欣赏有可能会转换成一种喜欢。"

"可是我已经有喜欢的人了。"

"选择伴侣就是选择人生，你可要想好了。"

"我爱她。"

"那是惯性。惯性使你保持静止或者匀速直线运动。如果你再不去做出改变，那将成为你的固有属性。这个固有属性，对你的人生弊大于利。你需要一个知己，一个懂你的人，能够和你进行学术讨论、一起展望未来的人。"

汪若山想说感谢你对我付出的感情。没错，他心里真是这么想的，毕竟一个年轻貌美又不失聪明的女生对自己仰慕，这不是坏事，更不能说对方错了。可是通过讲道理的方式劝退一个女人，对他而言，不好开口。他在女性面前非常绅士，比较在意对方的感受。

但有一点他当然明白，脚踩两只船是不行的，必须坚决地拒绝其中一方。

"刘蓝，我真的谢谢你……"汪若山说。

"这可没什么好谢的！"刘蓝打断了他的话，"我不知道你是否能够理解，一个人对另一个人的爱，往往是没有理由的，是发自本能的。有时候，你会从骨子里觉得，你爱的那个人，就是你生命里的唯一。如果没有在一起，人生就完了。"

"我理解。我对我现在的女朋友，阿玲，就是这种感情。"

"好吧……"刘蓝的眼睛里似乎闪动着泪花，"我再说下去，就太卑微了！"

"对不起，你是个好姑娘，希望你能收获幸福……"汪若山有些不知所措，但他知道也只能如此了。

刘蓝红着脸站了起来，有那么一瞬间，汪若山觉得她似乎要大哭一场，但她竟然笑了。

"咱们走着瞧吧。"刘蓝笑着说。然后，她转身离开餐厅。

汪若山被晾在了座位上。

这个时候，侍者走来，上了最后一道菜。他们还没动过筷子。不愿意浪费粮食的他，只好吃了一半，另一半打包带走。

回实验室的路上，汪若山若有所失，怏怏不乐，他摸不清这种情绪从何而来。

在实验室楼下迎面走来的高帅，打断了他的思绪。

"汪老师吃过了？"高帅问。

"吃过了。对了，你这是要去食堂吧？别去了，我刚才在外面点了一桌子菜，有两个菜就没动，给你打包带回来了。"汪若山将餐盒递给高帅。

"汪老师和谁吃的饭？"高帅接过餐盒，坏笑着说，"她很下饭吧？"

"你看见了？"

"半个学校都看见了。你们在讲台上炸了锅，然后从教室走出来，穿过校园，众目睽睽之下，去了雪山餐厅。"高帅调侃道，"谢谢您，和女学生吃饭，还不忘给我带饭。"

汪若山脸红了起来，他自觉不该和刘蓝吃饭，但不把话说清楚，又不行，还好终于把话都说清楚了。可刘蓝最后撂下一句话"咱们走着瞧"，什么叫走着瞧呢？为什么要说这话？

显然，她还是没有死心。

"高帅，你可别出去乱讲。"汪若山说，"我正要求你陪我办件事。"

"别用'求'这个字，我受不起。让我猜猜，您希望我去追求刘蓝，好给您解围。"

"你以为我天天就想着这点事？"汪若山哭笑不得，"我是想让你和我去趟山区。"

"去探险？我可不想去，我不爱冒险。"

"阿玲的父亲滞留在山区，不知是生是死，我要尽快打听他的下落，好给阿玲，也给自己一个交代。"

"怎么会不知生死呢？"

"以前，我去山区是个人爱好，你知道我喜欢旅行。邂逅阿玲是个意外，我收获了幸福，但阿玲是喜忧参半的。她被当地部落首领的恶霸儿子相中了，要被掳去当老婆。阿玲当然不愿意，以她的倔脾气，宁可死，也不答应。当时我们已经有了感情，我设法解救了她，她父亲随我们一起出逃，我们半路被追上，发生枪战，他父亲断后，我和阿玲才得以脱身。"

"还有这事！"高帅惊讶地说。

他原本以为，汪若山去山区只是在寻常的旅途中收获了艳遇，没想到他竟然为了一个女人，亲历了生死考验。

"她父亲现在怎样了？"高帅问。

"凶多吉少。"汪若山叹气道。

"非去不可吗？"

"时隔这么久，部落的追兵应该早撤了。你和我一起去，有个照应。当然，你不去也没关系，我自己是必须去的。"

"科研项目呢？我们还要赶进度。"

"去山区的确耽误进度，但项目已经有曙光了，稍晚些没关系。"汪若山叹了口气道，"说实话，我对星际殖民实在没什么兴趣。如果让我飞去那么老远寻找新家园，我可不去。"

"不会让您去的，是让受精卵去。"

"这个计划不现实。反物质推进器可以把飞船快速推向远方，但目的地呢？那些类地行星接受初次降临的新生儿吗？他们能适应新环境吗？现代的婴儿和古代的婴儿没什么区别。现代的人类之所以强大，是因为站在巨人的肩膀上，一代又一代的科技巨人。新生儿要走的路太远了。"

"没想到您卖力地干了这么久，居然不看好星际殖民计划。"

"既然是政府的计划，我会继续认真履行，这是我的工作。"

"不飞出太阳系，人类就没前途。"

"人类也许注定将被困死在太阳系里。不过这也没什么不好，因为我们可能生存不到冲出太阳系的那一天。文明更迭是宇宙里的自然现象，顺其自然有什么不好？19世纪到21世纪，短短200年里，地球遭受了三次撞击，一次比一次严重，那些小行星和彗星，就是人类命运的信使，这是宿命。"

"您变化可真大。以前理性，现在变感性了，居然能接受宿命。"

"相信宿命是更深层的理性。"

"您这话我需要消化消化。"

"当然，宿命不代表悲观。人类的发展有涨潮就有退潮，洪水退潮，陆地显现，地球还原曾经的面目。"

"您身在G城，却持有山区人的观点。"

"咱们别讨论观点了。你跟我去山区吗？"

"我和丘贞商量一下。"

"很抱歉，你刚坠入爱河，我就剥夺你的时间。"

"我不会重色轻友。要不，咱们四人先吃顿饭？"

"可以。"

"明晚？"

"明晚见！"

2

第二天晚上，雪山餐厅。

四人落座后，自有一番介绍。

"这是阿玲。这是我的同事高帅。"汪若山介绍道。

"你好！"高帅伸出一只手，和阿玲握了一下，"我终于知道汪老师出生入死是为了什么。起初我不理解，现在我认为太值了！"

阿玲伸出手去握，她听出这是在夸自己，不免有些脸红。

"这是丘贞！"高帅介绍道，"一本杂志的封面女郎，我看到那本杂志，一下子就魂不守舍了。"

"这是缘分呢。"阿玲笑着说。

"那叫什么杂志来着？"汪若山扭头问高帅。

"叫《路边的花》。"

"没听过。"汪若山说。

"我以前也没见过，也许那是第一期？"高帅说。

"有可能我作为封面女郎之后，就停刊了呢。"丘贞自嘲道。

四人哈哈大笑起来。

"很高兴认识你们。"丘贞拿眼睛望着阿玲和汪若山道,"高帅给我讲过你们的故事。今天终于见到真人了。"

"咱们这个组织今天就算是成立了。以后常聚。来,先干一杯!"高帅举起酒杯道。

碰杯之后,四人一饮而尽。

一个普普通通的饭局,两个哥们儿,都带着女友,一起吃一顿饭,建立属于他们四个人的小圈子。不出意外的话,往往两个女人随后也会成为闺蜜。

这顿饭表面上看起来是成功的,但实际上却另有文章。

聚餐分别后,丘贞和高帅有一番私下的对话。

"要我说呢,汪老师和阿玲不般配。"丘贞说。

"挺好啊,阿玲挺漂亮的。"高帅说。

"你只知道以貌取人吧?这不是关键。关键是你觉得汪老师和阿玲能有共同语言吗?他们来自两个世界,山区和G城是两个世界。阿玲代表着回归蛮荒;汪老师代表着现代科技。他们两人的差别太大了?"

"这话可有点难听了。"

"我说得不对吗?"

"也不是没有道理。刚开始我也有这个感觉,毕竟两个人的结合是一辈子的事情。"

"呵呵,你倒也说起一辈子的事了。我以为你打算一辈子当成好几辈子过呢。"

"胡说。感情的事,我认真起来很执着。"

"我姑且相信吧。"

"汪老师和阿玲的感情很好,你从他们看彼此的眼神就能看得出来。"

"用你的话说,这是一辈子的事,而不是一时的。一对恋人,刚开始谁不喜欢谁呢？时间长了，那些原本没有显现出来的问题，就会凸显出来。阿玲是个科技小白鼠，而汪老师是个科学家。阿玲对现代社会的文化生活也无从品读，那些高级的情趣，她也无从体会。而汪老师可是有着绝顶聪明的大脑和丰富细腻的内心世界，时间长了，他会觉得孤掌难鸣。另外，对阿玲来说，汪老师就是她的全部，这对女人而言，可能是个灾难。"

"他们经历了生死考验。"

虽然高帅不知道为何替汪若山和阿玲的关系做辩护，但他可不喜欢丘贞对他们的感情如此指指点点，尽管他觉得她说的不无道理。

"生死考验？"丘贞不解。

"对，部落首领的儿子看上了阿玲，非要娶她为妻。汪老师冒着生命危险把她从部落武装那里解救出来。阿玲的父亲也至今生死未卜。"

"这可差点坏了大事……"丘贞随口道。

"什么大事？"

"没有没有。我是说，什么人配什么人。山区的人和山区的人通婚才对。还搭上自己的父亲，太离谱了！"

"够了！"高帅突然提高了音量。

他心里不禁想到，女人不能只是外表好看，心地也要好才行。他原本还打算告诉丘贞，过几天要陪汪若山去山区寻找阿玲父亲的下落，既然丘贞带着偏见看阿玲，他也就决定闭口不提此事了。免不了到时候另找借口去山区。

"生气了？"丘贞被高帅突如其来的愠怒吓了一跳，然后又换了温柔的语气说，"对不起，我不说了还不行吗？"

"人家又没有碍着你什么事。汪老师是我最好的朋友，他这份感情来之不易，最起码，我们应该祝福他。"

"你说得对！祝福他们。希望他们白头偕老。不要生我气了好不好呀？"丘贞用手拉着高帅的手，撒娇道。

"唉，你可真多变！"高帅哭笑不得，"你转眼楚楚可怜这又是哪一出？"

"到了晚上，我变化还要更大呢！"丘贞说着，冲高帅挤了挤眼睛。

高帅心里一痒，刚才的那点不快，当即抛到九霄云外去了。

3

当晚，汪若山和阿玲躺在床上聊天。

这些天，他们每天入睡之前，都会躺着聊会儿天，他们感情的温度和深度，也在交流中不断递增。汪若山在给阿玲这个来自大山里的姑娘恶补这个世界的由来和格局，这是个不小的工程。

阿玲的妈妈在生她时难产死了，她由爸爸养大。骑在高头大马上的爸爸，对她而言，就像一座山一样高大。的确，父爱如山。李克尽管爱她，但不娇惯她，才6岁，就让她拿着鞭子放羊，身边伴着一只健壮的牧羊犬。

而现在她来到这个陌生的城市，开始接触汪若山的朋友，对城里人有了观察，揣摩他们的言行举止，思量他们的意图。山里人都直来直去，即便是尼萨，虽是个恶人，但也是直来直去的恶。可城里人不一样，她总觉得他们要复杂得多。

"你以前见过丘贞吗？"阿玲问汪若山。

"这是第二次见面。"汪若山道。

"你觉得她怎么样？"

"还行吧，我还不了解她。"

"她好像有什么目的，但我又不清楚。我感觉到，她在'观察'我们。"

"观察？哪种观察？是察言观色，还是有什么其他的目的？"

"至少我觉得她不喜欢我。"

"你怎么知道？"

"就是一种感觉。她看着我的时候，会情不自禁流露出一种审视的眼神。"

"没想到你还很敏感呢。"汪若山笑了，他摸了摸阿玲的脸说，"她干吗要审视你呢？我觉得她还蛮喜欢你的。"

"那是表面。爸爸跟我讲过，有的人，嘴上说的话和心里的想法不一样。和你说东，想的却是西。"

"我赞同你爸爸的观点，有的人心口不一。但我觉得丘贞并无恶意，审视别人，可能只是她下意识的性格或是习惯。心口不一，有时候也可能有善意的成分。譬如有人夸我长得帅，但实际上我并不帅，对方是为了让我开心才这么说的。"

"你是真的帅。"阿玲笑道。

"不不不。"汪若山也笑道，"那可不见得。但我知道你是真的美。"

阿玲娇羞地亲了一下汪若山。

"我喜欢和心口一致的人相处。"汪若山爱抚着阿玲的头发说，"哪怕对方的话很刺耳，但是我知道那是真心话。复杂不代表高级，有的时候，单纯才是真高级。"

"你说得对。"阿玲点头道。

"我想让生活简简单单，松弛一些。选择在一起生活，就不要斗智斗勇，两个人应该和平安详。"

"有的人，想复杂也复杂不起来。生活对他而言就是一条直线，学不会拐弯。我想，我就是这样的人吧。以前在山里，爸爸是我的天，但有一天，这个天塌了，天塌了也得好好活下去，还好，有你在，现在，你就是我的天。"

汪若山听到此处，眼眶一热，不禁感动，但眼泪却没有掉下来。他拥抱了阿玲，他真切地感受到，阿玲是可贵的。

"咱们什么时候登记结婚呢？"汪若山问。

"我希望，在打听到我爸爸的下落之后。"阿玲仰着头，眼里噙着泪水。

"嗯，应该的。为了我们的幸福，你爸爸付出了太多。一定要找到他的下落。"

"什么时候动身？"

"周末吧。"

"我和你一起去。"

"不用。你就在家等我。高帅跟我去。"

"他愿意去吗？"

"都说好了。"

4

阿正走了几步，回头望着医生。

"走路姿态看不出什么问题了。"医生透过厚厚的眼镜片，盯着阿正的腿问，"还疼吗？"

"几乎没感觉了。"阿正说。

"恢复得不错，接下来要加强锻炼。下次过马路要注意。行了，你可以回去了。"

"谢谢。"阿正道谢后离开。

阿正感到有点后怕，那天巫桑喝得太多了，喝那么多酒再去开车，神经迟钝，不知轻重。丘贞应该让他少喝几杯。但丘贞是靠谱的，最起码，她让性格严谨的巫桑，在那个色彩斑斓的戏剧酒吧里放下了思想包袱，展现出了连他自己都不知道的另一面：放纵欲望。丘贞又及时抽手，不留后路，也让巫桑不会再去缠她。

巫桑驾驶的汽车冲撞过来的时候，几乎没有踩刹车，还好阿正穿戴了一身摩托车手的装备：头盔、护肘、护膝，为了以防万一，甚至还戴上了军用胸甲。

本来他计划用碰瓷的方式演绎一下，结果车开过来的时候速度太快，他几乎完全来不及躲避，只能连忙侧身，车撞到了他的左腿，他被弹飞了。如果当时恰好有人路过，也一定会以为出了人命。这出戏太真实了。

担心酒驾撞死人要坐牢，巫桑选择了肇事逃逸，同时也选择了另一条人生路。他原本平静自在的生活，彻底被打乱、被重构了，他成了另一个人。

复诊时被医生告知康复的阿正，走路轻快了起来，他抵达学校围栏之外的时候，给巫桑打了电话。

"她在G城唯一熟悉的人是她的男朋友，最近不在她身边。给你三天时间，不许再失手，酬劳翻倍！"阿正告知完毕，挂断电话。

巫桑站在校园外北侧的街头，向上盯着楼上的一扇窗户。

阿玲恰好推开这扇窗户通风，一阵小风吹拂，她的发丝舞动起来。她眺望着远山，那里有两个重要的男人，一个是她生死未卜的父亲，一个是寻找他父亲的汪若山。

"这个美丽的女人，究竟犯下了什么罪行，阿正为何要除掉她呢？"巫桑摸着小臂上的一处刚刚愈合的疤痕，思忖着，"她可一点都不像能干出坏事来的人。不像那个赵健。赵健是个胖子，要是真给他按摩，手力都无法穿透他那厚厚的脂肪。他的脑袋十分大，五官却非常小，很不协调，一看就不像好人。他是个恐怖分子。没错，他一定是个被实施精神控制的恐怖分子，不知什么时候就会伤及无辜。"

赵健便是在医院里凭空消失的那个男人。住院时，双腿截肢。巫桑在给他"按摩"的时候，正要开启阿正交给他的那个神秘仪器，却被他发现了，他狠狠咬了巫桑一口，那一口可真有力道，伤口深可见骨。不过，失去双腿的人，战斗力毕竟是有限的，加之巫桑手劲很大，他迅速按住了赵健，启动仪器，啪的一声怪响，赵健便化作了一缕白烟，就像瞬间被气化了一般，神奇的是，床单及周边其他物品却完好无损。

巫桑揉了揉眼睛，有些粉尘钻进了他的眼睛。

"这种死法，应该不会有痛苦。"巫桑望着床单上留下的少许白色粉末想道。

对现场进行简单清理后，他离开了医院。

巫桑认为他在做正确的事，因而杀掉一个人时，心底并没有激起多少波澜。匠人一旦专注起来，内心十分平静。

他知道，阿正在政府下属的一个秘密组织里工作，这个组织与警方有关。阿正曾向巫桑展示了市长的一段录像。

"巫桑，替市民铲除恐怖分子，就是除暴安良，你正在从事着正义的事业。"市长在视频中如是说。

那个胖乎乎的市长，热衷演讲，善于煽动群众的情绪。看到尊贵的市长喊出自己的名字，巫桑受宠若惊。他想留下这段视频做纪念，但阿正却不给他，说这都是机密。

酒驾撞死人，没坐牢，还能替政府做有意义的事，完成一个任务获得的酬劳相当于他此前做按摩师一年的收入。对巫桑来说，尽管这并不是他要的人生，但他没有更好的选择了。

巫桑在思考接下来怎么办。医院里那一次，是他第一次失手，他反思自己，还是心有杂念，心里觉得阿玲不像个恐怖分子，所以犹豫了。

"难道恐怖分子会把自己打扮成恐怖分子的样子去招摇过市吗？"阿正

质问巫桑，"你难道不相信政府？我们都是傻瓜吗？我已经对她做过详尽的调查，证据确凿。但这些都不关你的事，你要做的就是执行！"

巫桑哑口无言。

望着在窗口出现的阿玲，巫桑默默想到，作为一个资深的手艺人，绝不能允许自己再次失手。

5

阿玲独自一人坐在沙发里。

无事可做是让人煎熬的。

幸好，汪若山临走时给她打开了电视机。起初，里面在播放赛马的体育节目，节目是那么长，从下午一直到傍晚，阿玲竟看得津津有味。后来赛马终于结束了，开始播放一部惊悚片，名字叫《夜幕》，讲述一个独身的女性在午夜降临时被人谋杀的故事。阿玲此前没看过此类故事，十分好奇，在看到紧张之处，她害怕了，关掉了电视。但是，过了几分钟，她又按捺不住，打开电视，抱着枕头，虽然枕头挡着脸，却露出一双眼睛，她就用这一双眼睛，躲躲藏藏地把这部电影看完了。看完后，她十分生气，因为故事里的坏人杀了好几个人，却始终没露面，而且，故事结束的时候，那个杀人的恶魔竟然没有被抓住，成了悬案。

阿玲胸口起伏，她关掉电视，把家中所有的灯都打开，又拿起茶几上的水杯，将冰凉的茶水一饮而尽。

"去楼下转转，待在人多的地方。"为了排解恐惧感，阿玲不禁想道，"然后再回家好好洗个热水澡。"

打定主意后，她便去浴室放热水。

说到洗澡，淋浴对阿玲来说是一种新奇体验。因为她曾在河里洗澡，当然，多数时候，她会在室内用炉火把水烧热，注入一个巨大的木盆里洗澡。她喜欢泡澡，温暖的水包围着自己，好像回到了婴孩时代，在母亲腹中，被安全包围。

刚来G城那天，汪若山让她尝试淋浴，她感到很不舒服，打个比方，同样是与水亲近，跳入河里游泳很惬意，但在雨中被淋成落汤鸡就很难受。

于是她把汪若山那个久久不用的卫生间里的浴缸刷洗了一番。

下楼遛弯的时间是晚上9点，有不少学生刚下晚自习，人是比较多的。在人多的地方，阿玲便将刚才看电影的不快淡忘了。

这座学校是美丽而精致的，有漂亮的假山和花园，但比起山里景色的壮美，就差远了。倒是餐厅门口的一台巨大的自动售货机吸引了她的注意。售货机商品繁多，无人值守，只需输入一段密码，便可购物。汪若山事先告知了她密码。她用这个方式，买了一些带骨头的羊肉。她打算把羊肉放在冰箱里冷藏起来，等汪若山回来，便用家乡的传统手艺炖给他吃。

她拎着羊肉返回房间，在打开热水龙头的时候，她发现香皂用光了。她将水龙头的出水调小，估算了时间，下楼去自动售货机买一块香皂，回来时水便能恰好注满。于是她又出门了。

刚走到电梯口，走廊里的灯突然熄灭了。

她并未慌张，在黑暗中摸索到电梯，下楼的按钮指示灯不亮。

"一会儿只好点蜡烛了。"阿玲想道。

没有电梯，只能走楼梯。阿玲倒不在意爬楼劳累，大山里的风吹日晒、策马扬鞭锻炼了她的身体，她的体力是充沛的。她折返回屋里，带上一盒火柴，便关上房门出去了。

楼梯间很宽阔，即便三个人并排走，也绰绰有余。

阿玲摸着扶梯往下走，每到拐角，她便划着一根火柴，照亮脚下转角的台阶，火柴熄灭了，她继续摸黑走。

楼下有人在说话。

"怎么停电了？"一个女人说，"你房间也停电了吗？"

"好像整栋楼都停电了。"一个男人瓮声瓮气地回答。

听到有人说话，阿玲摸黑走路的胆子也壮了一点。

下到15楼的时候，楼下响起了很轻的脚步声，声音愈来愈大，似乎有人正在上楼，楼下却并未看到光亮，可见那人也是摸黑上楼的。

为了迎接即将到来的照面，阿玲划着一根火柴，随着火花四溅，周围一下子被照亮了。

她和那人在13楼相会了。

他迎面走来，瘦瘦高高，戴着一顶大帽子，帽檐遮住了脸孔，加之光线昏暗，根本看不清脸。他步伐坚定有力，在看到阿玲的一瞬间，停顿了一下，然后与她擦身而过，继续向上走去。

阿玲蓦然间感到，这个人的身材和相貌，好像在哪里见过。

她手中的火柴即将燃尽，手被烫了一下，她条件反射地扔掉了残缺的火柴棍。

旋即，又陷入了黑暗。

第七章

战争预谋

1

汪若山和阿玲离开的这段时间里，山区发生了不小的变化，这种变化蓄谋已久，变化的操盘手正是尼鲁。

尼鲁，我们当然不陌生，他的儿子尼萨差点儿掳走了阿玲。

但尼鲁和尼萨的罪恶，绝不仅限于此。

和世界上一切的小首领一样，他们都希望自己变成大首领，拥有更多的土地和更多的权力。有了这样的欲望，不免要发生与周边地区的流血冲突。

尼鲁是如何从一个平头百姓成为部落首领，进而成为整个山区领袖的？

通往成为强悍领袖的路上，往往少不了背后女人的支持。男人掌握世界，女人掌握男人。

我们不说掌握，但尼鲁的老婆，特别是他的第二任老婆，对他政治预谋的达成，提供了重要帮助。

尼鲁原本有个同龄的老婆，青梅竹马，在只有5岁的时候就被双方父母指定了娃娃亲。他们19岁结婚，婚后育有一个女孩和一个男孩，不幸的是，女孩在出生时就夭折了，还差点要了老婆的命。男孩长到15岁，在山坡上放羊，遭遇了一群狼，狼没有吃羊，却把这个15岁的孩子吃了。尼鲁原本是个性情温和的人，但两个孩子的夭亡让他性情大变，他认为自己本分老实，老天却待他不公，为何要让他接连遭受打击呢？此后，愤恨占据了他的内心，他的行为也更加粗野了。

有一年，他所在的那个小部落的首领调戏他妻子，他趁夜将一把猎刀插在了那个首领的胸口。离奇的是，那把刀却没有刺中要害。首领要抓他，想把他碎尸万段。尼鲁带着妻子逃命，亡命途中，他结识了不少受压迫的穷苦人，这些人多少也曾受过那个部落首领的欺凌。他展现出政治才能，把这些人团结起来，杀将回去。

首战不成功，他被俘了。审问过后，被押赴石岗。石岗是处决犯人的地点。即将行刑的时候，他掏出身上全部的钱去贿赂那两个刽子手，刽子手拿了钱，却并不住手，他见死到临头，便起身狂奔，摔了一个大马趴，吃了一嘴土，耳边有子弹飞来，竟然没有一颗打在他的身上，也不知是刽子手真的放过了他，还是枪法太臭。

性格强悍如他，虽九死一生，却没有罢手，一年后，他组织起了更大的队伍，这一次，终于一举打败了部落首领，并且取而代之。他购买枪支弹药，训练军队，不断扩充实力。

原首领成为尼鲁的阶下囚。无巧不成书，在俘虏营里，尼鲁发现了那两个差点儿杀掉他的刽子手，尼鲁下令由这两个刽子手行刑处决首领。这一次，俩人丝毫不敢含糊，砍掉了首领的头。

尼鲁留他俩在身边，成为他的将领。其余的人，愿意留下的留下，愿意走的，就地放人。

虽然成了部落首领，尼鲁却不满于现状，他开始不断吞并周边的其他部落。较小的部落，主动向他俯首称臣，但稍大些的部落，当然不会束手就擒，而会奋起反抗。当然，这里面也包括不等他侵犯就率先侵犯他的更大的部落。比如胡赛的部落，就是当时整个山区最强大的部落。

胡赛的部落兵强马壮，但他却不常发动正面战争，总是搞一些小伎俩，企图将自己的损失降低到最小，将敌人的损失搞到很大。夜袭便是他的手段。他训练了一支夜袭队，神不知鬼不觉，在漆黑的夜里就将睡梦中的敌人一举歼灭。那些白色的大帐篷，在夜色中被点燃，火光冲天，对手往往还没有来得及拿起武器，便葬身火海。他还尤其擅长搞暗杀，有一支暗杀队。暗杀主要是针对敌军的将领或其他重要人物。他曾经暗杀过好几个敌对部落首领。擒贼先擒王，这种暗杀往往使敌人阵脚大乱。失去领袖，无疑会让一个崇拜领袖的部落沦为一盘散沙。

尼鲁的第二个老婆，就是行刺他的刺客。

虽然离谱，但这是事实。

在部落建立六周年的庆典上，尼鲁正在观赏歌舞演出，一个负责端水果和烤肉的女侍者悄悄走上了观演台，并且很快地接近了尼鲁，趁他不注意，突然抓起了藏在葡萄堆里的手枪，对准尼鲁的头，就在她准备扣动扳机的一刹那，尼鲁也正好一扭头，看见了她。当时36岁的尼鲁望着黑洞洞的枪口，同时望着枪口后这位年轻貌美的女子，一时间不知所措。而睁大眼睛看着眼前帅气的尼鲁的女侍者一时间居然忘记了自己是前来行刺的枪手，她竟然慢慢地放下了手里的枪。这时，尼鲁笑了，他正打算迎上前去，身边刚反应过来的护卫就扑上去制伏了这位女刺客。尼鲁勒令警卫退下，扶她起来，得知这位女刺客名叫菲亚。短短一个礼拜后，尼鲁和菲亚举行了婚礼，从此他便有了两个老婆。

菲亚的能力很强，她为丈夫训练出一支女子暗杀队，她们个个貌美如花，身手不凡，所完成的任务，抵得上几千名骁勇善战的男人。

尼鲁的原配，在两个孩子夭折之后，年纪大了，不能生育，便也只好接受了这个现状。她和父母生活在稍远的帐篷里。尼鲁为她安排了多个仆人，好吃好喝伺候着。

不久，菲亚给尼鲁生了一个儿子，取名为尼萨。

尼萨长大后，成为尼鲁的助手。他虽然是个花花公子，但也十分擅长打仗。尼鲁渐渐成为幕后领袖，与周边部落的战役，都由尼萨负责指挥。

当然，毕竟尼萨还年轻，一些关键的大战、重要的决策，还是要请示尼鲁。

"你最近心情不好？"尼鲁在餐桌上问。

"我想起半年前的事。"尼萨一口喝下半杯烈酒。

"想不到，我的儿子会痴迷一个女人到这个地步。"

"这是遗传吧？您当年不也是迷上我妈了吗？不顾生命危险，非她不娶。"

"这话不假，但一个巴掌拍不响，你妈她也迷上了我，我们是两情相悦。"

"您这话是在讽刺我。"

"强扭的瓜不甜。"

"我听说她逃到G城去了。"

"你可别因小失大。"

"呵呵，他们快活不了几天了。"

"你的攻城计划如何了？"

"我正在酝酿一个'阳谋'。"

"不是一个阴谋？"

"G城是阴暗的，我为它送去阳光。"

"为什么它不是阳光的？"

"每天都有不少人失踪。"

"失踪？"

"对，就像突然化成了灰。"

"为什么会失踪？"

"根据我刺探到的情报，政府在有意剔除一些人。"

"剔除的理由是什么？"

"不知道。但据我了解，被秘密处理掉的，似乎不都是坏人。"

"他们也搞暗杀这一套。"

"没错。我们搞暗杀，是针对敌人；他们搞暗杀，是针对某些市民。这样的城市，表面上干净整洁、欣欣向荣，但背后藏着不可告人的秘密。"

"这些情报，都是你打探来的？"

"是我的手下摩尔打探来的。"

"你小子进步了。"尼鲁面带微笑,"武器怎么样了?"

"武器是我们的短板。G城当然比我们科技发达,但也架不住有人喜欢钱。武器是可以买的,甚至还可以从对手那里买,哈哈哈……"

"如果真的开战,我不知道你能扛多久。"

"您应该问我多久可以取胜。"

"战略上,你可以藐视敌人;战术上,务必重视敌人。"

"战斗打响的最佳时机就是对方根本不知道我们即将进攻。G城到目前为止,完全没有发现我们有进攻他们的打算。尽管他们没有把最先进的武器卖给我们,但他们还在数着钞票沾沾自喜。仅凭这一点,他们已经失败了一半。更何况,他们的人口,只有我们的四分之一。"

"部落之间的战争,无非是人多占优,敌打我退,敌退我打。但G城有高科技,有我们不知道的东西。"

"没有经历战争的民族,必然很脆弱。实战才能兴军。我认为部落之间的战争其实更难打,因为没有一个部落是不打仗的,每一个部落都在吞并更小的部落,或者挑战更大的部落。这些战斗本身就是训练军队的最好方法。我们要预防的是内部问题,我们的敌人是'不团结'和'不积极'。G城百年以来没有发生过战争。我怀疑他们现在连普通的犯罪团伙都应付不了。"

尼鲁闻言,皱起了眉头,随即又点了点头。

2

再次赶赴山区,于汪若山而言,心情大为不同。

早期是探险,后来是寻爱,现在是见证悲剧。

从G城往西大约100千米，便到了山区的边界，那个地方再往西并不通车，只能骑马。

高帅不善骑马，确切地说，他是临时接受培训，练习了两个小时，便出发了。这一路也并不敢策马飞奔，只能让马儿一路小跑。骑起来浑身肌肉紧绷，生怕自己掉下来，所以一点也不轻松。

两人并排骑马，在几乎没有人烟的大山里。山脚下有大片的绿植，但是到半山腰的时候，绿植的颜色便倾向于黄色，再往上是褐色，在山的顶部，是白色的，那是白雪和冰冻的世界。这样富有层次的景色，可谓是美丽的、壮观的。对高帅而言，非常新鲜。

"这地方可真不赖！"高帅啧啧赞叹。

"知道我为什么喜欢这里了吧？"汪若山说，"只有来过才能明白。"

"美景配美人，潇洒。您在这种壮丽的环境里，难免生出英雄救美的兴致来。"

"谁救谁还不一定呢。"

话音刚落，就在他们西南方向不远处，出现了一只狼，再仔细看，那是一群狼，起码有二三十只。这些狼瘦骨嶙峋，显然，它们饿坏了。

高帅立刻紧张起来。

"怎么办，快跑吧！"高帅小声喊道。

"别急！不要引起它们的注意。"汪若山用马鞭指了指西北方向，"它们的目标，可能不是咱们。"

那儿正有两只牦牛在吃干草。牦牛神情呆滞，宽大的嘴角涌出不少白沫。

果然，狼群朝西北方向移动，它们没看上汪若山和高帅，它们想吃牛肉。

生死大战打响了。

二人在40米开外的岩石后面看着它们搏斗，为安全起见，应该趁乱逃走，但好奇心又使他们留步。

战斗伊始，一只牦牛跑掉了，落单的那只陷入困境。

牦牛毛发茂密，狼一口咬下去，只啃掉一嘴毛。牦牛雄壮有力，与狼搏斗，就像巨人和小狗打架。

但牦牛敌不过狼的数量多，一只狼腾空一跃，跳在了牦牛的脑袋上，牦牛奋力摇晃着它那硕大的犄角，狼被牦牛角挑破了肚皮，鲜红色的肠子从破开的肚子里涌出来。此景吓住周围的狼，它们后退了几步，但并没被吓跑，不多时，又围攻上来，一只狼爬上了牦牛的后背，另一只狼挂在它脖子下面，还有一只狼在掏它的肛门。更多的狼围了上来，终于，它寡不敌众，倒下了。跑掉的那只牦牛想回身去救同伴，靠近了两次，震慑于狼群的凶狠，只好再次逃离了现场。

汪若山和高帅不忍久视，策马离开。

"大自然弱肉强食。"汪若山道，"对狼来说，牦牛就是行走的美食。蛮荒之地，牦牛活着的意义，就是成为狼的餐食。"

"汪老师，人活着的意义是什么？"高帅问。

"人活着，没什么意义，因为追求意义，才有了意义。"汪若山答道。

"这个答案很高级。"

"没有标准答案。"

"汪老师您打算什么时候和阿玲结婚？"

"你以后别叫我汪老师了。左一个汪老师，右一个汪老师，咱们是同事。学生叫我老师可以，但同事之间就别喊老师了，特别是只有咱们俩人的时候。"

"学术上和生活上，您教会我很多，名副其实的老师啊。"

"学术上你不能没有我，但我也不能没有你，是共生关系。生活上，我唯一的建议就是：你大可追求一些朴实的东西，保持朴实的生活质量，做朴实的事，结交朴实的人。"

"我估计您大概是在影射丘贞。"

"我可没说，感情的事情，自己拿捏。"

"那换个话题。您希望自己扬名立万，成为显赫的人吗？"

"你看见那两座山了没有？"汪若山用马鞭指指前方最高的两座山，它们挨着，几乎一样高大，中间是一道峡谷。

"看见了，像两个乳房。"

"只考虑往最高峰去爬，殊不知，脚下就是山谷。山有多高，谷就有多深。"

"咱们的工作，想低调也低调不了。那是整个人类的希望。"

"不要把自己想得多么伟大。研究量子力学，研究反物质发动机，这没什么大不了的。"

"那可是关键部件。"

"当然，没有它，飞船飞不了那么快，也飞不出太阳系。"

"1977年发射的'旅行者1号'在2012年就已经飞出太阳系了。"高帅更正道，"在2025年，它与地球中断联系的时候，已经飞出距离太阳200多亿千米的距离了。"

"柯伊伯带外层还有奥尔特云，那是长周期彗星的故乡，那里还有大量太阳系形成初期的天体碎片，这些天体可都属于太阳系的范畴。太阳系很大。"

"能有多大？"

汪若山伸出1根手指头。

"100亿千米？"高帅试探地说。

"1光年。"

"那可是将近10万亿千米！"高帅惊讶地说。

"'旅行者1号'每秒飞17千米，超过了第三宇宙速度，但要飞出1光年，你可以简单算一下，恐怕还需要1.76万年。这速度要想去其他类地行星，是不可能的。"

如此这般，他们有时聊天，有时缄默。山路十八弯，他们终于来到了目的地。

天还是那片天，地还是那片地，山还是那座山，但物是人非。

他们在那场枪战的事发地点周围转悠了半天，直至傍晚，终于在两块巨石的夹角里，看见了那个熟悉的身影。

汪若山打开手电筒，照射着他。

那是李克的全套服装，这身衣服汪若山认得。衣服里面包裹着的，是李克的尸体，一具高度腐烂的尸体。鼻子已经完全掉了，眼窝深陷，牙齿惨白，双颊枯瘦，已经接近风干。

高帅第一次见死人，况且是腐烂了的死人，在看见的一瞬间，不禁叫了一声，然后扭头呕吐起来。

对汪若山而言，眼前的这具腐尸曾经是一个活生生的人，一个熟悉的人。对李克，他心怀敬意。阿玲即将成为汪若山的妻子，李克相当于是他的准岳父。

汪若山平复了下心情，检查尸体，看到李克腕上的手表，镜面开裂，指针静止，显示的时间是11:11。他无法推算是上午的11:11还是午夜的11:11。李克身边没有包袱，身上有两处枪伤，但都不在要害部位，因此很有可能是失血过多而死。伤痛和饥渴，以及夜晚的寒风，最终夺去了这位铁骨老男人的性命。

如果是正午死去，迎着太阳，倒也尚好，但如果是午夜死去，那该是怎样的一种恐怖和绝望。

"好人为何没有好报？"想到李克生命终结的那一幕，一股心酸和愤怒涌上汪若山的心头。

阿玲选择了自主的爱情，却要付出这样的代价。

汪若山蓦然觉得，在高原时代，那些倡导人类应该回归自然的人可能错了。回归的不是自然，而是蒙昧和野蛮。

他摘下李克腕上的手表，作为遗物珍藏。他带着沉痛的心情，和高帅一起埋葬了李克。汪若山找来一块近似长方形的石头，用匕首在上面刻下了浅浅的字迹：李克之墓。他代表阿玲，对着坟冢鞠躬，心中默念：岳父大人请安息，恶人终将有恶报。

忽然，一道闪电划过长空。

3

校园里，阿玲买完香皂返回的时候，大楼还是没有来电。

她只好继续摸黑上楼。

爬到四楼时，突然间眼前白光一闪，随后变回黑暗，片刻后雷声滚滚而来。

闪电的时候，她似乎借着电光看到楼梯高处有一个人影，大约在七楼，他正在俯身向下看，像一尊早已安置在那个位置的塑像，在闪电的照耀下，岿然不动。然而黑影戴着口罩，无法辨识相貌，尽管如此，仅凭那双露在口罩外面的眼睛，就让她不寒而栗。

一念之间，她在想，什么叫安全感呢？不是因为有一个安全的地方，而是因为有一个让她感到安全的人。能让她感到安全的人是汪若山，然而此刻他不在。

校园是安全的吗？这所校园，似乎是完全开放的，什么人都能进出，也不会有人盘问。

"要是尼萨的人来抓我，这会儿不是就能逮个正着？"阿玲想道。

她想下楼，逃离这栋大楼。

但是外面已经下起了滂沱大雨。山区雨水少，阿玲从未见过这么大的雨，似乎比浴室里的花洒出水量还要大。漫天雨滴砸在万物上，发出密集的声响，连成一片。

显然，出去会淋成落汤鸡。

还是快回家吧。回到家里，将门一锁，一切恐怖都将烟消云散。

她只好加快步伐继续爬楼梯。因为内心紧张，她连累都忘了，尽管已经冒出一层汗，她却浑然不知，越爬越快。

她终于开门进屋，立刻转身将门锁好，脱去外套，挂在门口衣架上，换好拖鞋，又取出三根蜡烛，分别点燃，放在了写字台上、书柜上和浴室里，屋里有了较为均匀的光亮。

浴室里的那根蜡烛，放在浴缸旁的肥皂架上。

此时浴缸里的水已经满了，多余的水正在往外溢出，阿玲连忙关掉水龙头。用手试水，水温有点烫，她又稍等片刻，等水降温，水温却迟迟降不下来，又兑了些凉水，待水温合适，她脱去衣服坐在浴缸边缘，先把小腿伸进水中，然后轻轻地滑坐进浴缸，最后，完全躺下来，白色的浴巾被她叠成一个小方块，垫在脑后。

热水包围着她，热量从肌肤抵达内心。

终于，她安静下来，感到舒心。

"不知道父亲的下落如何，说不定，汪若山已经见到了父亲，他们正在热切地交谈。"

"等汪若山回来，还是尽快结婚吧。"

"真希望能有一个自己的宝宝。"

这些念想纠结在一起，在她的脑海里碰撞着。念头一个比一个更加接近光明。特别是想到生孩子这件事，她不禁红了脸。热水蒸热了她的脸，心中的暖意也涌上了脸颊。

浴缸边的方桌上放着一瓶指甲油，这是汪若山送给她的。阿玲当然是从未涂抹过指甲油，但都市的年轻女性似乎人人都会在指甲上涂抹这些鲜艳的色彩。她拧开瓶盖，一股香气袭来，瓶盖连接着小刷子，刷子上粘着猩红色黏稠的液体。

她先涂抹了左手的五根手指，又涂抹了右手的五根手指，然后张开双手，端详着首次涂抹的指甲。不知为何，那鲜艳的红色，让她浮想联翩。她的思绪又拐到了另一条路上，她想起了刚刚看过的那部电影，故事里的女主角独自走在一条昏暗的窄巷里，不时回头张望，她正在躲避着杀死她父亲的凶手。脚步声响起，她不知道凶手是否看见了她，她正躲在阴影里，阴森的画面配上令人毛骨悚然的配乐，几近窒息。远处巷口有车路过，她的脸被一盏车灯照亮了，只是照亮了她的唇部和下巴，整个眼睛都在阴影里，但是眼睛却出现了微弱的反光，那小小的反光，使观众看到了她正处于崩溃的边缘。这时，一柄尖刀，非常缓慢地，从她的脖子那里伸了出来，车灯的光线打在了刀面上，形成了一个闪动的光斑，紧接着，她原本发青的嘴唇，蓦然间被喷涌而出的鲜血染红了。

回想到这里，阿玲打了一个寒战，她感到恐惧。

恰在此时，她听到了房间里有异样的响动，似乎桌椅被人推动了一下，尽管声音很小，但是吓得她一只手捂住了自己的嘴巴，她用牙齿咬着自己的指甲，心脏跃到了嗓子眼。

她的另一只手，在发生响动的瞬间，骤然间缩入水中，撑住浴缸，这是使自己的头部不至于滑入水中的下意识动作，但由于动作过于剧烈，激起的水花熄灭了放在肥皂架上的蜡烛。

由于浴室是关着门的，因而变得一片黑暗。

浴室外没了动静，但阿玲依然瑟瑟发抖，她摸索着浴缸靠墙那一端的边沿，摸出火柴，划了四根，才着了火，伸手点燃了那根熄灭的蜡烛。

在浴室亮起来的一瞬间，她看见了对面墙上镜子里的自己。

她发出惊声尖叫。

　　她发现自己嘴巴的周围，有一大片猩红色的痕迹。

　　尽管那只是未干的指甲油，但她蓦然觉得，自己就是那部电影里的女主角，而那部电影只不过是一个预言。

第八章

命案背后

1

汪若山和高帅被滂沱大雨困在了山洞里。

洞里漆黑一片,唯一的光源来自洞外划过夜空的闪电。

还好,他们在这场暴雨前,已经埋葬了李克。

由于汪若山野外生存经验丰富,他们携带了不少野外生存用品,火源是不可少的,他们很快架起了小小的篝火。山区温差达到20℃,雨夜更是很冷。围着篝火,感受到能量和安心。

有了篝火,他们才蓦然看到,这是一个相当大的洞穴,稍往里走,洞顶便一下子变得很高,甚至像一座教堂那么高,宽度也大幅增加,讲起话来,回音阵阵。再往深处看,又突然收窄,变作宽高各2米的小洞,黑漆漆的,不知道里面有多深。当然,这都是他们后来的发现。此刻他们还是在离洞口很近的地方,守着那堆篝火。

火光被他们的身躯遮挡,在洞壁上投下浓浓的影子。

汪若山回首望着两个影子,引出一番思考来。

"这个山洞和这影子,启发了我。"汪若山说。

"这能有什么启发?"高帅烤着手说。

"假如在这个黑暗的山洞里,咱们俩一出生就被绑在原地,头部被固定着,背对着洞口,无法动弹。"

"打算讲鬼故事吗?"高帅不禁将两只手缩了回来,握在了一起。

"不,我不信鬼,这比鬼故事可怕。"汪若山认真地说。

"要是太可怕了就别讲了。"

"你听完。假设我们的身后有一堆篝火，洞外有人或者动物经过，他们会在洞壁上投下影子，我们就能看到这些影子。"

"是能看到。"

"因为我们被绑起来了，从小到大都被绑着，连脑袋都不能动弹，所以只能看见这些影子。那么，我们就会以为，事物的真实样子就是这些影子。"

"有可能。"

"不是有可能，是肯定会这样，因为我们通常相信眼见为实。"

"这可真不幸。"

"直到有一天，我挣脱了束缚，走出了洞口，终于看见外面的世界。我看见一棵树，我会怀疑眼前的树是不是真的，因为此前我一直看到的是树的影子。于是我把手伸向那棵树，我感到自己真实地触摸到了它。这一刻，我会很惊讶。"

"我还绑着呢。"

"对，你还绑着。"

"您会跑来告诉我真相。"

"你会相信我吗？"

"让我想想看，我从小到大都看到的是影子，那仅凭你告诉我这一点，我可能是不信的。我还需要亲自看一看。"

"所以我会给你解绑，拉你到洞口去看。"

"然后我就信了？"

"我们可能继续发生分歧。一个人认为洞外的树是真的，一个人认为洞里的影子是真的。最终有可能一个人选择接受一贯以来的'真实'，另一人选择去探索另一个'真实'。"

"这个思想实验引人深思，但它的现实意义在哪里呢？"

"G城就给我这样的感受。我不知道它是哪棵树。"

"何出此论？"

"有人莫名失踪，譬如和阿玲同层病房的赵健。有人突然抱恙，却又很快好像没发生过什么似的焕然一新，譬如你亲眼所见的方校长。我觉得哪里不对。"

"嗯。"高帅点点头，欲言又止，但他还是开口了，"我一直没有和您提起另一件事。"

"什么事？"

"我前妻的事。"

"你们感情不和离婚，而且不公开，真难为你那么晚告诉我。"

"其实是非正常分手。确切地讲，我们当时没有办理离婚手续，她离开我了，离家出走，留下一封信。"

"失踪了？"

"我到现在也不知道她在哪里。"

"还有这事儿！你不早说。"

"这事儿我总觉得太丢人了。"

"信上说了什么？"

"信很简单，只写了两句话：我走了，因为婚姻让我绝望。别找我，我自己会好好生活。"

"你报警了吗？"

"报了，警察也没找到她。而且，不瞒你说，警察还一度怀疑是我谋杀了她。"

"她的确是死了吗？"

"我不知道，你说一个人失踪了，再也找不到了，算是死还是活呢？"

"法律好像有一条，失踪两年后，可以判离婚。你这个时间不足两年。你们夫妻关系不和谐，你曾想离婚，但她不同意，警方才认为你有作案动机。"

"你说我是应该高兴呢还是不高兴？"

"这就牵涉到人性了。"

"我其实是有点高兴的。我对我的高兴感到沮丧。"

"你很坦诚。"

"我现在知道，人无完人。她是个大美女，这方面我当然是喜欢，但她的性格很糟糕，敏感多疑，有时候还歇斯底里，时间长了我真是接受不了。您此前常说我在科研上漫不经心，一部分原因是我实在是过得不愉快，我可能正在应付我和她之间的热战或者冷战。后院不安宁，干什么事都打不起精神。俗语说得对：家和万事兴。"

"你说她性格有问题。但性格的形成，有先天的因素，也有后天的因素。"

"对，她也是不幸的。她也算是山区人。"

"她是山区的？"

"她的父母来自山区，她本人在G城长大。山区和G城之间有一条鸿沟，不但有科技的差别，还有歧视。有时候，横在人们心头的歧视难以磨灭，可能需要几辈人的努力才能有所缓解。"

"但这不足以塑造一个人的性格。除了这个背景，她还经历了什么？"

"一桩凶杀案。"

汪若山闻言，不禁愕然。

2

高帅的妻子名叫王艳，家境不能说贫寒，但也算是窘迫了。她的父母来自山区，在G城打工。在G城，有不少山区来打工的人。这些人在夹缝中生存。于山区而言，他们是叛徒；于G城而言，他们是下等人。

大灾难后幸存下来的人类分化成山区和G城两个部分，起初他们互相不认同彼此的理念，各自倨傲。几代人过后，依赖科技发展的G城胜过山区。G城越来越有大灾难之前的样子，恢复了不少科技力量；而山区看起来越来越落后，科技退化到了第二次世界大战时的水平，生活质量大打折扣。可以说科技的退步是山区人自己选择的结果，因为他们本来就反感人类的科技，认为科技会把人类引向灾难，但是贫穷和战乱，那是谁也不能长期忍受的。

来到G城的山区人，干着最苦最累的活儿，这些活儿都是G城本地人不屑做的。山区人为G城的建设付出良多，却往往还受到歧视，他们被视为城市的不安全因子。这也不是没有根据，G城发生的罪案，涉案者以山区人居多，这也是事实。乞丐也几乎99%都是山区人。这些身在G城的山区人，早已忘记他们祖辈的选择——回归田园。田园没有了，有的只是辛苦和屈辱。G城有过好几次针对山区人的驱逐活动，有的人回到了山区，但是他们已然被G城的生活方式洗脑了，他们无法继续困窘地生活在山区的穷乡僻壤里，想尽办法，又回到了G城。

人生总有些坎儿。过得去，海阔天空；过不去，万丈深渊。

王艳的父亲是G城建筑工地的工人，干的是苦力。母亲在一家公司里做保洁，周末也在G城一所大学的教授家里做家政。而这个教授就是高帅的父亲。

王艳在G城出生。16岁时，她父亲遭遇了一场工地事故，一根两米多长的钢筋从天而降，垂直戳入他的头部，力量之大，使安全帽如同蛋壳般一捅就破。他当场死亡，这种惨死的方式给王艳留下了心理阴影。此后，只剩母女二人相依为命。原本就生活不富裕的家庭，变得更加雪上加霜了。

穷人家生出个美女，不见得是什么好事。

女大十八变，到20岁时，王艳出落得五官标致，亭亭玉立。出众的美貌，在住地附近被传开了。她一旦出现在一个地方，那个地方的男人就会情不自禁地望着她，垂涎三尺，举止变得呆滞，连身旁的老婆都不顾。

大家了解了王艳的出身，她来自山区，仅这一条，便对她不大尊重起来。她经常受到骚扰，这使她变得愈加敏感。

其中也有真心的追求者，但她小心翼翼，没有轻率做出选择。

最终他找了个什么样的人呢？

一个富二代。

富二代的父亲是连锁餐饮品牌的老板，是G城北区的富翁。他有两个儿子，老大相貌堂堂，老二却奇丑无比。我们要说的正是这个小儿子，名叫曹生。他的五官好像在争抢脸部中央的位置，让人不免联想到他的智力可能不高。人们既不愿意多看他一眼，又不免同情他，这样好的家庭出身，却没有一副帅气的躯壳。他的脸上也写满两个字：无辜。

关于曹生的传言有很多。例如从小失去母亲的疼爱，遭到父亲的毒打；有人说，他曾患有唐氏综合征；更有甚者，说他根本就不是餐饮老板的亲生儿子。

总而言之，内外因素堆积起来，使得这个心理和外表有双重疾病的可怜人没有朋友，大家虽然不都是憎恶他，但都不约而同地疏远他。

命运也有平衡，曹生有个非常疼爱他的姑妈。这姑妈的老公是个有钱的珠宝商，老公过世，成了寡妇的她继承了丈夫的大部分遗产，她也没有孩子。她有某种宗教信仰，这信仰使她同情受难者和可怜人。她同情曹生。曹生在她面前十分乖巧，姑妈待他几乎等同于儿子。

姑妈姓何。在一次聚会上，何女士公开说想把自己遗产的一半留给曹生，而且还声明要帮他找一个漂亮媳妇。

因业务需要，她招聘到一个非常漂亮的珠宝模特，这个模特正是王艳。

王艳的美貌，被何女士看在眼里，便有意撮合她和曹生。

令所有人惊讶的是，她撮合成功了。

人们对这件事的评价不高。显然，就外貌而言，曹生完全配不上王艳。

王艳家境贫穷，而曹生即将继承姑妈的部分遗产。这怎么看都显得很不单纯，似乎各怀鬼胎。大家因而不看好这一对儿。

接触了一个月，他们订婚了。

订婚后的曹生像是换了个人，聚集在一起的五官似乎也舒朗了不少，整个人看起来有精神了，以前的乖僻沉默不见了，取而代之的是对人笑脸相迎，有时候甚至显得温文尔雅又彬彬有礼。他对未婚妻百依百顺，他太爱她了，他觉得自己中了大奖。

婚礼的日子定好了，何女士打算在他们举行婚礼的当天，在财产赠予契约上签字。曹生即将拥有大笔财产，但他本人的兴奋点倒并不来自这些财产，而是来自王艳即将嫁给他。

婚礼前，有一场隆重的珠宝展，一套最为名贵的珠宝由王艳佩戴展出。展台下人们窃窃议论，大家都说可别小看这个山区来的姑娘，这些珠宝马上就要属于她了，言语间尽是羡慕和妒忌。

第二天，让人大为惊讶的一件事发生了。

何女士死在了自己的房里。那些珍贵的宝石也被偷走了。

报纸在角落里刊登了这则消息。读者非常震惊，因为前一天何女士还登台讲话，精神矍铄，怎么隔天就遭遇杀身之祸。人生实在是太无常了。

更让大家吃惊的是，没过多久报纸上就刊登了杀害何女士的元凶。

竟然是王艳。

她可是看起来很文弱的姑娘啊，怎么会干出如此凶残的事情。警方的结论是她先谋杀再抢劫，审判速度之快，也令人瞠目。

在开庭之初，她申辩自己无罪，援助律师为她辩护，律师尽职尽责，用他的话说"王艳坚定的眼神让我相信她是无辜的"。

但是情势对王艳很不利，因为一家当铺的老板作为证人出席，说王艳曾将那些名贵的首饰拿到过他的当铺，想当掉它们。于是这个案子就这样一锤定音了。

王艳被判处死刑，缓期执行。

人们大约议论了一周的时间。一周过后，大家也就被其他新闻攫取了注意力。毕竟，既然证据确凿，也就不是冤案，罪有应得，不稀奇。更何况，被告是山区来的人，既然是山区人，骨子里就有作恶的基因。

但是那个援助律师不甘心。

这个律师，我们不得不提一下他的出身，他是山区人来G城的第三代人。这种第三代人，在身份认同上，倾向于自己是G城本地人，但因为自己祖上的血缘，又天然地比较同情山区人。

律师甚至找了法官，他想继续调查这件事。他本是个颇有资历且心高气傲的律师，却低三下四地求这个法官，搞得法官有点尴尬。

"很抱歉，打扰了您的午休。"律师说。

"您应该清楚，这案子已经定案了。"法官眯着眼睛说。

"您没察觉出其中的蹊跷吗？"律师问。

"我不明白，你为什么这么上心这件事呢？"

"这个姑娘是山区来的，没什么背景。纵然家境不好，但一贯是个本分人。"

"既然是山区来的，而且很穷，你应该知道穷能生恶。"法官打了个哈欠道。

"不该歧视山区，更不该歧视穷人。"

"那么就事论事。按照常理说，王艳在这个案子里，只有她有确凿的作案时间和作案动机。"

"但是，一个年轻女子在20分钟内能做完整个事情吗？在所有人都熟睡之后，她独自一人去何女士的卧房将其杀害，然后打开沉重的保险箱，再跑到10千米外的当铺，即便是个男人，一个经验丰富、手脚敏捷的盗窃团伙，恐怕也难以完成。"

"话虽如此……"

"另外，何女士是被她经常佩戴在脖子上的那条白色丝巾给勒死的，脖子上有一条乌青的勒痕，勒痕深深陷了下去，凶手无疑是在她咽气后还在使劲勒，才会留下这样深的痕迹，这样的作案手法真是既笨拙又残忍，一个年轻女子为了偷珠宝，怎么会下如此狠手呢？凶手一定另有其人！虽然现在还没有找出足够的证据来论证我的推断，但我还是冒昧请求给我一个机会，找出真正的凶手。这是我作为律师的本分。身为法官，在您心里也一定不允许无辜者代犯罪者受过的情况发生，更何况真正的罪犯还有可能再次犯罪，造成更多的伤害。"

"好吧！"与其说法官是被律师打动了，倒不如说他实在是困意难耐，想早点把律师打发走，"我就再给你三天的时间，进一步调查，再审一次，你可真会给我添麻烦！"

3

既然王艳可以为了曹生未来的财产而选择嫁给这个她自己并不喜欢的丑八怪，那么她同样有可能为了几件名贵的珠宝首饰而杀人，还是那句话：更何况她来自山区。

不管大家如何评论，律师开始行动了。

何女士有个女佣，是个上了年纪的妇女，律师首先找到她。

"您现在住在这儿吗？"律师问。

"住不了几天了。我不想久留，这儿怪阴森的。"女佣环视四周道，"丧事办完，我就要走了。"

"当天活动结束后发生了什么？"

"活动结束后，王艳来何女士家吃晚饭。这座房子很大，上下三层。何女士疼爱曹生，曹生已经在这里住了一段时间了。我们四人一起吃了晚餐，大家还喝了点酒，因为有点晚，王艳就留宿了。"

"那个首饰是怎么处理的？"

"我和王艳都去了何女士的房间，我看着她把首饰一样一样摘了下来，放进保险柜。何女士当时有点疲惫，催促大家去休息。于是我们都回了各自的房间。"

"曹生没有和王艳同屋睡？"

"没有，他们一人一间。王艳是个保守的姑娘，曹生也尊重这一点，等结婚了再同房。"

"晚上有没有什么动静？你觉得有什么异样的地方吗？"

"何女士虽然累，却失眠了，稍晚她把曹生叫去屋里聊天，他们聊了半小时，我听见他们互道晚安。我觉得当晚他们都很愉快，后来睡得也很安稳，我上了两次洗手间，都发现整幢房子安安静静，对了，我听到何女士打呼噜的声音，是的，她睡觉打呼噜，那个呼噜声很特别，我听得出来。但是，第二天一早……"女佣说着眼睛红了，"我去何女士房间的时候，发现她躺在地板上，脸色铁青，眼睛瞪得大大的，舌头吐在外面，我吓得把手里的早餐都打翻了。"

"你进去的时候是几点？"

"8点左右。"

"何女士没有反锁门吗？"

"没有。她平时都会锁门的，我是敲门再进去，但那天门是虚掩着的，我敲了一下门，结果门就开了一条缝，她躺在地上。"

律师的问话结束了。

律师见的第二个人是曹生。

整件事，人们都认为除了何女士之外，最大的受害者就是曹生。他不但失去了最爱他的姑妈，还失去了他最爱的王艳。当然，财产赠予的契约没有签字，无法生效，这些财产将会按照何女士更早前的遗嘱，分给她的几个直系亲属。曹生分文未得。

律师见到曹生的时候，他面容憔悴，头发蓬乱，还有点疯疯癫癫的，说话前言不搭后语，是一副深受打击的模样。过了好一阵，他才平静下来，能够正常对话了。

"你能叙述一下和何女士最后一次见面的经过吗？"律师直截了当地问。

"那天晚上，姑妈失眠了，我留下来陪他聊天。"曹生抓着自己的头发说，"她听着听着就高兴起来，谈到了我和王艳的婚事，还有准备赠予我的财产。她嘱咐我说她的那些首饰会传给王艳，以后再让王艳传给我们的女儿或者儿媳。她还说，遗产赠予的手续比想象中麻烦，办起来很烦琐，需要时间。"

"你是什么时候离开她房间的？"

"好像是8点多。"

这些情况，和当初在法庭上获得的证词差不多。

"问最后一个问题。"律师说，"你和王艳的婚约这就算是取消了吧？因为她被判处了死刑。"

曹生没有答话，他的脸扭曲了，饱含着极度的痛苦，抽泣起来，不多时，近乎号啕大哭，比律师刚进屋时更加情绪激动。

律师既同情又尴尬，于是他安慰了几句，便起身告辞。刚走到门口，曹生在他背后说话了。

"王艳没有杀人！她不会杀人的，不会的……"

律师点点头，走出房门。

不久，他又来到王艳妈妈的住处，那是西区的一片平房区，一间斑驳的砖房，房内陈设看起来是拼凑的，都是用了多年的旧物。她妈妈看起来是个年近60岁的中年妇女，但一问年龄，才知道刚刚50岁，因为多年的身心操劳让她看起来更为衰老。

"不会的，王艳不会干这种事情的！"她的眼睛已经哭肿了。

"我也相信她没有杀人。"律师说。

"真的吗？"她抬起头，眼含热泪。

"是的，但您必须告诉我实情。"

"她连踩死一只蚂蚁都不忍心，她很善良，对我很孝顺。那家人很有钱，小伙子人很憨厚，他姑妈喜欢他，要把自己的遗产留给他，还说要把最名贵的宝石留给他的妻子。但是小伙子长得有点难看，我女儿本来对他没什么好感，可他老是缠着她。"

"缠着她不放，她就答应了？"

"我的身体一直不好，有重病……这件事都怪我！"她又哭了起来，"治病已经把家里的积蓄都花完了，王艳孝顺我，平时做好几份兼职补贴家用。我的病情越来越严重，没钱治病，她有一天就告诉我说她已经想好了，她准备嫁给曹生，说这样就有钱给我治病了。当时我本来想劝阻她的，可我这个病恹恹的样子，我说服不了她。她虽然是我的女儿，但都是她在拿主意。"

律师注意到，她面色惨白，眼窝深陷，嘴唇干裂，的确是在强打精神，做每一个动作都特别吃力，刚才讲了那么多话，看起来几乎要耗尽她余下的力气。显然，她的状况如果不继续采取治疗，恐怕凶多吉少。

"您得的是什么病？"

"胰腺癌，已经扩散了，没有救的，还把我的女儿牵扯进来，这都是我的罪过啊！"

听完王艳妈妈的陈述，律师饱含同情，但他知道，关键信息一定要掌握，只有救下王艳，这个家庭才不至于毁灭。

"王艳那天什么时候回家的？"

"八点半左右。"

"她有没有气喘吁吁的感觉？"

"没有，和往常一样，她来给我盖了被子，还嘱咐我说这病不能拖了，得赶紧做手术。"

"后来你们一直在一起吗？"

"是的，她陪我聊天到11点，然后就睡了。"

"你确定她没有什么异常吗？她有没有提到那个珠宝展？"

"她提到珠宝展了，说大家都夸她漂亮。还说起那些珠宝价值几十万，我当时被这个数目吓了一跳。"

"嗯。"律师点点头说，"今天先说到这儿。您好好休息，保重身体，我先告辞了。"

离开王艳妈妈的住处，律师又走访了那个当铺老板，他照例询问了一些细节。

"我向你保证我说的都是实话！"肥胖的当铺老板说，"那天早上9点多，店刚开门，我就看见一个20岁左右的姑娘急匆匆走进我的店里，长得很漂亮，就是那天在法庭上的姑娘，她递给我一套首饰，我看了一眼，就吓了一跳，因为凭我的经验，知道这些首饰非常名贵。这让我起了疑心。我当时打量着她，问她为什么卖掉这些首饰，她说这是她的长辈传给她的，是属于她的了，现在急用钱所以先当掉。我想了想还是不能收，一方面我一下子拿不出这么多钱，另一方面我可不能听她的一面之词，谁知道这个打扮朴素的姑娘从哪里弄来这么一套昂贵的首饰。"

"她那天的精神状态怎么样？"

"不太自然，说话都有点结巴，从首饰盒里拿项链，因为紧张，项链掉在了地上。"

"你怎么看这个案子？"

"不是定案了吗？"

律师笑了笑，道谢后离开。

连续三天的走访，拼图在他脑海中渐渐成形。

见完当铺老板后，他去找法官，告诉他问询的经过和他的推断。

肥胖的法官有早睡的习惯，当晚9点多就躺在了床上，不得不说，律师再次打扰了他的睡眠。

"有什么事情不能明天再说吗？"法官不快地说，"又是王艳？这两天的报纸你没有看吗？舆论是希望尽快法办她，大家都觉得只有山区里的野蛮人才能干出这种事情。我压力很大。"

"我已经把谜题解开了。"律师淡定地说。

"你说吧。"法官皱着眉头道。

"搞错了。大家此前都用固有的思维模式在思考这个案子。"

"你就直说吧。"法官打了一个哈欠道。

"把盗窃和杀人合二为一，是不对的。"律师意味深长地说。

"不是一个人，难道是两个人？"法官笑了起来，"你可真会说笑！"

"一个身心都不太正常的人，我是说像曹生这样的人，他的内心世界会是怎样的呢？要我说，他的感情很可能比普通人强烈得多。如果这样一个男人深深地爱上了一个姑娘，他会不顾一切的。想想看，王艳要被当作盗窃犯法办，他会不会特别担忧？他的内心可能是崩溃的。他的神经本来就不大正常，经受这样的刺激，他会不会因为冲动而犯罪？"

"你是说，是他干的？"法官直起了身子，直到此刻，他才集中了些许注意力。

"我并没有说曹生有蓄谋杀害何女士的意图。那天晚上，何女士叫他去她的房间，告诉他首饰找不到了。她怀疑是王艳干的，她并不了解王艳，所以很可能会把她往坏处想。曹生从何女士处听到这个状况，何女士很可能说了不少难听或是威胁的话，例如：'这个女人太贪心！'，或者'我不同意你们结婚！'，甚至还会说'我这就去报警！'，等等，总之，曹生听完这些话，天就要塌了，因为王艳是他的全部。他可能不那么在乎姑妈，也更不在乎那些即将到手的遗产，他真正在乎的就是王艳，他完全迷上她了。当然，我觉得曹生并不是一开始就想杀死何女士，是因为她一再威胁他，他才动了杀心。"

"不是没有道理，但这还都只是猜想。"法官挠着下巴上的赘肉说。

"还记得何女士脖子上的勒痕吧？下这个狠手，弄出那么深的勒痕，凶手很可能是处在某种癫狂状态里。王艳可没那么大的力气，她也很难疯狂到那个程度。另外，我自己做过测试，从何女士家到那间当铺，即便是老司机在不堵车的时候，也很难驾车在20分钟内赶到，何况，她还要有杀人的作案时间。这是不可能完成的事。"

法官听到这里，神情完全专注起来。

"你的结论是什么？"

"我的结论是：王艳先盗走了何女士的珠宝，曹生随后杀死了何女士。"

"她只有盗窃，没有杀人？"法官喃喃自语，"盗窃贵重物品，也是重罪。"

"最后要补充一点。"律师接着说，"王艳盗窃珠宝是有隐情的，她的母亲病危，急需一笔手术费，她当时出于自尊心，没有向男方家里开口要钱，她只是想到，反正这些珠宝迟早是她的，所以拿来应急，好像也没有不妥。总之，这是个悲剧……这是山区和G城之间的鸿沟导致的悲剧。"

说完，两人都陷入了沉默。

第九章

月球消失

1

"后来呢？"汪若山问。

还是那个山洞，汪若山依然和高帅围着篝火，火不如先前旺了。他们在洞口未被雨水打湿的地方捡到些干草和树枝，把这些东西丢进火堆，火光再次明亮起来。

"后来的事情谁都没料到。"高帅点燃一支烟，抽了一口，吐出一团烟雾道，"那个曹生，突然自杀了，就在何女士的家里。他看到了王艳留下的一条丝袜。也许是当天王艳走得急，忘记了穿丝袜。他就用那条丝袜，将自己吊在了吊扇上，吊扇居然没有掉下来。"

"很意外！"汪若山惊讶地说，"所以王艳不是杀人犯。"

"曹生临死前，用他那特有的字体，在一张纸片上写道：'是我杀害了我的姑妈，和王艳无关。'这个事实使王艳的罪行减轻了，她只犯下了盗窃罪，又鉴于她盗窃是为母亲筹钱治病，并且要照顾病重的妈妈，她获得了减刑。"

"她妈妈现在好吗？"

"自从查出癌症，她就不在我家里做保洁了。王艳的案子水落石出后，她的身体似乎好转了。她在我家做保洁这么多年，我同情她的遭遇，曾去医院看望过她，给予资助，但也是杯水车薪，她病情复发，最终病故了。我第一次见王艳，是在墓地。"

"你们就是那个时候开始相处的？"

"对，她出狱后三个月，我们结婚了。"

"可真够快的。"

"王艳对妈妈的感情太深。曹生能帮到她妈妈，她就能答应和曹生订婚。我出于同情，略微帮助过她妈妈，她也就很感激我，我们就谈恋爱了。我不是她喜欢的类型，但她还是能接受。经历了那些不幸，她急于回归平静，想安安生生过日子。我是爱她的，你知道我喜欢美女，她可真是大美女，当明星都没有问题，如果有一天她主演了一部电影，我很可能会成为她的粉丝。"

"但你们的关系和'爱情'没什么关系。"汪若山直白地说。

"没错。我喜欢她的外貌，讨厌她的性格。她太实用主义了，很功利，这种心态对我造成压迫，也使我发生扭曲。我对名利的追逐与日俱增。实话实说，参与研究反物质推进器，我压根儿没有想到什么造福人类，或者说探索人类能够续存的家园。我想的是这件事可能使我扬名，还有那些科研经费和奖金……"

"你这个人纵然道德不高尚，做事不靠谱，但比较简单和直白。"

"是不是挺有自知之明？"高帅自嘲道。

"我不喜欢和复杂的人打交道。世界是复杂的，但我们不要把它想得太过复杂，那只会让人累。人，首先得活着，其次要活得率性一点，你不率性，很多原本应该有的人生体验就会被遏制。有人说，孩子把复杂的事情想简单，大人把简单的事情想复杂。"

"谁更智慧呢？"

"不好讲。总的说来，我以为的智慧就是：了然人生的幻灭和悲剧性，有应对的方式，同时又不失一颗单纯朴实的心。"

"嗯，话说回来，王艳的事我不想了，想也没用。祝福她，希望她平平安安。我接下来好好珍惜丘贞。"

"王艳究竟去了哪里，这件事你最终还是要搞清楚。"

高帅没接茬儿，他的眼神越过火堆的上方，望向了墙壁。

"墙上的影子，能折射出洞外的世界？"高帅转移了话题。

"你还在思考这个问题呢？"汪若山笑道，"那其实是古希腊哲学家柏拉图所做的思想实验。"

"但我看到的不是影子。"高帅指着墙壁，"上面画的是什么？"

汪若山顺着高帅手指的墙壁望去。

起初汪若山看到的是一个圆环，但很快他发现圆环的核心有一个点，在圆环的外围，还有好几层圆环，仿佛年轮一样，一环套一环。

"这显然是有人刻意画上去的。"汪若山道。

"您觉得画的是什么？"

汪若山用手指蹭了蹭墙壁上的笔迹，似乎是用烧焦的树枝画出来的。

"太阳系。"

"太阳系？"

"瞧，中心那个点，是太阳。"汪若山扶了一下眼镜道，"第一圈是水星轨道，然后是金星，下一个是地球，也就是我们所在的脚下，然后是火星、木星、土星、天王星、海王星……然后，就没有然后了，冥王星在很多年前就被认定并不是行星了。虽然它也是直接围绕太阳运转，但还有很多和冥王星类似的矮行星都在'柯伊伯带'绕太阳转，它们都被称为类冥天体……不对，这幅图有问题！"

汪若山的眼睛盯在了墙上那幅图中地球的位置。

"什么问题？"高帅不解。

"地球边上，那是个什么东西？"汪若山用手指着。

果然，地球的周边有一圈轨道，轨道画得很粗，几乎比地球自身的轨道还明显。轨道上，有一颗小行星，还特地标明：月球。并且专门写了备注：地球的卫星，直径3476千米，距离地球36万—40万千米。

"月球？"高帅搔着后脑勺说。

"你在头顶上见过它吗？"汪若山问。

"如果这是颗卫星，我们能把它和漫天的繁星区分开来吗？"

"笑话，如果这真是地球的卫星，直径3476千米，距离地球不到40万千米，它会反射太阳光，又大又亮，恐怕夜空里的其他繁星加在一起也没它亮。"

"明显和事实不符啊！没有月球，从来也没有！"

"这是谁画的？他为什么画了月球？"

2

名为月球的这颗星球，引起了汪若山巨大的好奇心。

"我们都不是天文学家。"汪若山说，"对天文一知半解。我发现G城有严重的学科壁垒，知识很难共享。就好像，我作为量子物理学家，天文学的知识对我而言就像是机密。"

"我也有这个感觉，我曾试图查找过生物科技方面的资料，查无所踪。"高帅说。

"无形的大手在掌控着一切。这幅画的作者显然想告诉我们一点我们不知道的信息。"

"既然其他星球都画得很准确，所以这个月球不会是空穴来风，而且备注又那样明确，分明是有意标记给人看的。"

"要知道这颗所谓的月球，比我刚才提到的那颗被排除在行星之外的冥王星都大得多。地球有没有这颗卫星，恐怕区别太大了。它会对地球造成很大的影响。我简单想了一下，如果有月球，地球的自转倾角会有所不同；潮汐运动会比现在剧烈得多，滨海地区会有很大的不同；气候也会很不一样。"

"黑夜也不会像现在这样黑。"

"对。咱们往里走走吧，看看还能发现点什么。"

二人举着火把往里走，见到了那个如教堂般大的空间。

刚刚踏入这一片空间，突然传来吱吱两声叫，高帅感到自己的小腿被什么东西蹭了一下，他吓了一跳，朝地上一看，是两只肥硕的老鼠撞在了他腿上，而此刻，它们倒在地上抽搐着四肢。

"蠢物啊！撞我腿上，而且是两只一起撞，不会是一公一母跑我这儿来殉情吧？"高帅笑道。

"晚上可以加餐了。"惯于野外生存的汪若山也调侃道，但他又盯着老鼠皱起眉头说，"不对，这两只老鼠是非正常死亡，它们的嘴角在流血，不是撞死的。"

"也是，哪儿来那么大劲儿。"高帅伸手要捏老鼠的尾巴。

"别碰它！"汪若山制止道，"万一有传染病。"

高帅缩回了手。二人没再理会两只死老鼠，因为很快他们就被这片空地中央一堆燃尽的篝火吸引了注意力。一些已经炭化的木棒散在余灰里，这很可能是画者所为，他点燃篝火，并用烧焦的树枝在墙上画了太阳系图。

他们仔细搜寻了一番，除了这个篝火堆，没发现其他物品。

在这片空旷的空间里，朝北的壁上，有个仅容一人通过的洞口，不知里面有多深。

汪若山走向洞口。

"还要往里走吗？"高帅犹疑道，"我看差不多就算了。"

"反正外面在下雨，我们出不去，为什么不看看呢？"

"雨已经停了吧，我听不到雨声。"

"你在洞口放风，我进去看看。"

"好吧。"

于是，高帅向洞外走，汪若山往洞里更深处走。

高帅走到洞口，发现外面的雨已经停了，天空放晴，能看见漫天的繁星，当然，月亮是没有的。

"要是地球真有个月球当卫星就好了，夜晚就不会这么漆黑。"高帅想到，"会不会月球真的存在过？后来因为某种原因，例如小行星的撞击，或者其他什么原因，导致它消失了？墙上的太阳系，会不会是史前文明时期的太阳系。后来，因为月球的消失，导致地球出现了灾难。"

高帅正在浮想联翩，蓦然听到了马蹄声和汽车发动机的声音，但只闻其声不见其身，这都源于夜晚的山区实在太黑了。

声音由远及近，他不由得向前多走了几步，来到洞口前的反向小土坡，这个土坡恰好遮住了洞口的视线。

站在土坡上，高帅被眼前的景象惊呆了，那不是一匹马或者一辆车，而是几千匹马和车，马上的骑手举着火把，汽车开着车灯，有越野车，有卡车，还有些特种车辆，拉着大炮和导弹。

卡车上坐满了人。整个队伍绵延不绝，一眼望不到尽头。

"这是一支军队。"高帅不难判断。

队伍开过来了，在山洞前大约200米的那条大路上行进着，这可真是一支杂牌军，服装不统一，都是山区常见的平民的服装，只是他们额前都系着一条红色的布条，表明他们归属一派。另外，骑兵和导弹居然出现在同一支军队里，也是很怪异。

他们正在急行军，高帅望着他们前行的方向，心里咯噔一下，显然，他们推进的方向是G城！

"高帅！"突然有人喊他。

高帅一愣，他以为行进中的队伍里有人发现了他的存在，他吓得连忙缩回了头，将身子隐匿在土坡后面。

"高帅，快来！"

听清了，是汪若山的声音。

汪若山那么淡定的一个人，这一声呼喊，嗓子都喊劈了。

这么大的喊声，如果那支队伍原地不动保持安静，那么他们肯定听到了，但他们正在行进，声音嘈杂，干扰了汪若山的喊声。队伍里没人听到。

高帅回身朝山洞里跑去，倒不是他对汪若山的招呼有什么好奇心，他实在是想去制止汪若山继续呼喊他的名字，担心暴露自己。

他在洞里看见汪若山的背影，他正举着火把，背对自己站立着，正在低头研究着什么。

高帅绕到汪若山的正面，见他手里托着一个笔记本，里面夹着一张照片。

"这是谁留下的？"高帅问。

"赵健。"汪若山若有所思地说。

"是他？你怎么知道？"

"笔记本上写着呢。"

高帅看到笔记本扉页上清晰地印着赵健的签名。

"笔记本里面写了什么内容？"

"一个字都没写，有很多页被撕掉了，我看了一下，和那堆灰烬里残留的纸张一样，这个笔记本被用来引火了。"

"照片里是赵健本人吗？"高帅拿起那张照片来看，里面是一个身材微胖的中年男人，穿着军绿色的T恤和工装裤，脸上留着没打理的络腮胡，和他的头发一样乱蓬蓬的，仿佛一个野人，是他的那副黑框眼镜让他有了一点文明的影子。

"应该是他。"

"这个赵健就是那个赵健？"

"阿玲跟我形容过他，说他是个大胡子，在医院里失踪，双腿截肢。"

"那一定是离开这里之后发生的事情。"

"这还用问，没腿怎么去医院呢？"

"他没同伴？"

"山洞里只有他的痕迹和物品，估计是独自一人，正在逃难，但最终没躲过杀身之祸。外面什么声音？"

"我看见了一支军队。"

"军队？"

"一支杂牌军，武器和服装混乱，来自山区，正往G城的方向开进。"

"我们离谜底可能越来越近了。"汪若山合上笔记本道，"走，出去看看。"

3

雨后泥泞，部队在洞口往东不远处安营扎寨了。

汪若山和高帅摸索过去，躲在一块大石头后面，见队伍里有人架起炉火，正在做饭。

放眼望去，才大体看清这支部队的规模，其实没有想象中的人多。起初行军的时候，拉成一条很长的线，从侧面看显得人多，这会儿他们分别聚集成了十来个分队，每一分队几百人，整体兵力不到一万。但对于当今世界来说，几千人的军队，已经算是大军了。山区部落之间的战斗，两方投入的兵力加起来也很少超过2000人。

汪若山从未见过山区里有这么多人聚集在一起。如果这是一支部队，必然归属于尼鲁，他是山区统一后的领袖，只有尼鲁才能调动这么多的士兵。

那么军队开赴G城干什么呢？

"有必要去探一探。"汪若山说。

"太危险！还是抓紧赶路吧，先回G城。"

"你不觉得不正常吗？"

"会不会是山区内部发生战争了，调兵遣将。"

"尼鲁早已一统山区，实力强大，还有哪个部落敢和他作对，值得调动这么多人马？"

"倒也是。"

"去看看吧。"

于是二人潜行过去，凑近观察一番。

这是一支拼凑的军队，士兵来自不同的部落，但都听命于一人指挥，这个人不是别人，肯定是尼鲁，但尼鲁不在队伍里，汪若山却一眼认出了尼萨。他正在训斥一个小部落的头目，扬起马鞭，抽在了那人的身上，对方唯唯诺诺，几乎要跪在地上了。

尼萨的嘴脸让汪若山的脑海里恍然间闪出许多画面，这个可恶之人，差点葬送了阿玲和自己的幸福，并且，他是杀害李克的幕后凶手，李克曝尸荒野，不久前才得以长眠于地下。

理性与感性是一对冤家。从感性的角度出发，有那么一个瞬间，汪若山真想夺过士兵的枪，给尼萨的脑袋上开一个窟窿；但从理性的角度出发，他纵然把枪夺过来了，也未必就能打中他的脑袋，打中了别的部位，可不见得就能击毙他，但汪若山自己这条命肯定是就此葬送了。

此时，尼萨恰好望向汪若山的方向，后者迅速躲开了尼萨的视线。

部队行进的路线，靠近水源。山区和G城之间，有一条不大不小的河流，此刻，正有几个人在河中游泳，尼萨训斥的正是那个小部落头目，因为他放任他手下的几百人去河里洗澡戏水。

这恰好给了汪若山和高帅一个机会，他们摸到岸边杂草丛中，偷走了两身衣服。河里的士兵正在往岸边游，夜色里，借着岸边的篝火光源，能看到几百张浅色的面孔在水上漂着，他们被喊了回来，当然，有两个人找不到衣服穿了。

　　既然这支部队是由小部落拼凑而成的，他们彼此之间应该不会很熟，这就方便了汪若山和高帅混进去。

　　汪若山和高帅换好衣服，在头上系上红色布条，他们在队伍里只听不说，没人发现他们的异样。

　　士兵们的对话大多没什么有价值的信息，但他们耐心倾听，终于听到一番对话，着实让二人震惊。

　　"头儿和我说，让咱俩搜集死老鼠，充作军粮。"兵甲说。

　　"老鼠肉可不好吃，我才不吃老鼠！"兵乙说。

　　"现在是平时吗？这是战争时期，这么多张嘴，粮草不够！尼萨将军说得对，这是老天爷在帮助我们，给咱们送肉来啦！哈哈哈……"兵甲笑了起来。

　　"这老鼠怎么就自己死了，那么多只，成群结队地死。这可不是什么好兆头。"兵乙说。

　　"嘿！好事都让你给往坏处想。"兵甲不快地说道，"你是不是还觉得，咱们攻打G城，要吃败仗？"

　　"我可没这么说！"兵乙连忙解释道，"乱军心者要挨枪子儿的！尼萨将军有信心，我可不能没信心。不过，咱们长这么大，都没去过城里。知己知彼，才能百战百胜嘛！你都不知道城里人多高多胖，有没有力气，你不能说你一定就会赢吧？"

　　"胆小鬼！"兵甲用两根手指捏着一只死老鼠的尾巴，将它拎起，荡来荡去，那老鼠的样子，和汪若山刚才在山洞里见过的一模一样，嘴角带血。他把死老鼠甩在了兵乙的脸上，哈哈大笑起来。

　　"快去捡死老鼠！"背后的军官训斥他们道。

　　兵甲和兵乙乖乖沿着河岸去找老鼠。其实不用费心思找，遍地都是。

　　高帅闻言瞪着惊恐的眼睛。汪若山皱着眉头若有所思。他们都知道大事不妙了。

开饭了，老鼠肉漂在沸腾的水面上，令人作呕。他们不想蹭饭，默默退出了这个群体。

回到山洞，二人背起行囊，策马奔腾朝G城而去。他们都知道有一件事要急办：告知G城，战火即将烧到城内。

4

下马后，他们驾驶事先准备好的汽车，飞速驱车来到G城公安局，报告山区集结军队的事，警察有说有笑地送他们出门，并且说一定会将这个重大消息上报给有关部门。

"你没看到吗？"走出公安局大门，高帅气不打一处来，"估计他们正在盘算要不要把我们直接送进精神病院。"

"这不奇怪。"汪若山心平气和地说道，"就好比2001年发生在曼哈顿的劫机撞击世贸大楼的恐怖事件，在飞机撞楼之前，如果有人打电话给市警察局说有人劫持飞机要撞击世贸大楼，那肯定也被当成疯子，更不会采取防御行动。"

"那怎么办？干等着吗？"

"在等待飞机撞大楼的时间里，先去保护好自己的家人。"

于是接下来的时间里，汪若山和高帅分头去找阿玲和丘贞。

丘贞不用找，她正在宿舍焦急等候着高帅。

然而阿玲却不见了踪影。

汪若山赶到屋内时，原本急切地想见到阿玲，却只看到浴缸里的一汪水，水面的泡沫已经散去，水体有点浑浊，呈淡淡的灰白色。缸底隐约可见沉着一支口红，汪若山伸手捞起那支口红，那是他送给她的。口红被折断了。

浴缸边的蜡烛已经燃尽，加之客厅里也点了蜡烛，可见此前有过停电，但后来有人修好了电路。

浴缸里的水还没凉透，阿玲应该离开不太久。

上哪儿去了呢？说好哪儿都不去，好好在家里等着的。

汪若山踱步到门口，见阿玲的鞋还在鞋架上。她只有两双鞋，一双软底的运动鞋和一双稍微正式些的高跟皮鞋。高跟皮鞋没怎么穿过，放在鞋架上；运动鞋歪倒在地上。两双鞋都在这儿，那么她应该没有走出屋子。除非是光脚走出去。如果是光脚，怕是脚底还沾着水，便会留下脚印。汪若山查看地面，地板上根本没有脚印。

在查勘完屋内后，他更着急了，打算出门继续找她。

他心急火燎地搜遍了楼内的每一个角落，甚而在校园里转悠了三圈，一无所获。

他拨通了高帅的电话。

"喂，高帅吗？"

"汪老师，您这会儿不和嫂子小别胜新婚，倒给我打电话。"高帅在电话里调侃道。

"阿玲不见了！"

"不见了？"

"我还在找她。她在这儿没有熟人，我不知道她能去哪儿。"

"您别急，先报警吧！对了，没有特殊状况的成年人失踪需要失联24小时才报警。您知道她大约是什么时候失踪的吗？"

"她本来应该是在洗澡，浴缸里的水还没有凉透，我估计是在几小时前，天黑以后不见的。"

丘贞翻着白眼坐在高帅对面，用光着的脚丫子蹭着高帅的胸口。

"还是先报警吧。她总不至于人间蒸发。"高帅不觉戳到了自己的痛处，在电话里说，"稍等啊，我一会儿打给您。"

挂断电话，汪若山报了警，果不其然，接警的警察得知他不久前刚报过警，上次是说山区有军队开过来了，这次又说自己的未婚妻失踪了。

"成年人可不要学小孩子的恶作剧！"警察没好气地说。

汪若山呆立在原地，一向很有主意的他，一时间不知如何是好。他不知道自己是如何下的楼，如何继续在校园里游荡，寻找阿玲的身影。他行色匆匆，神情迷离，在学生宿舍楼拐角，与一个人撞了个满怀。

"哎哟！"一个女生叫了起来。

"是你吗，阿玲？"夜色太深，他没看清眼前的人，只觉得身形有几分相似，便兴奋地问道。

"汪老师！"女生叫道。

汪若山扶起被撞倒在地的姑娘，定睛一看，是刘蓝。

"您慌慌张张要干吗？"刘蓝虽被撞倒了，却很兴奋。

"阿玲失踪了，你看到她了吗？"

"没有。"刘蓝一听阿玲，就像被泼了一盆冷水。

"我在学校里转了好几圈，没找到她。帮我一起找找她好吗？如果不是出了意外，她不大可能走远。"

刘蓝本不想帮这个忙，但又想到可以和汪若山在一处，便答应了。

此刻，丘贞正在高帅的宿舍里盘问高帅。

"这几天你去哪儿了？"丘贞板着脸问。

"和汪老师出去转转。怎么，和男人出门也要管吗？"

"你刚才和谁打电话？"丘贞斜眼问高帅，"谁失踪了？"

"当然是和汪老师打电话，"高帅没好气地说道，"他们家阿玲不见了。"

"哦，学校治安挺好呢，她要不是独自去校门外面，应该不会有事。你和汪老师的课题马上要收尾了，怎么还老往外跑。这两天是去山区了吗？"

"是，我们去了山区，这一趟可没白跑。有个重大消息正要跟你讲！"

"重大消息？"

"山区有个部落联盟首领，叫尼鲁，你知道的吧？"

"听说过。他怎么了？"

"他的军队要攻打G城了？"

"什么？入侵G城？"

"对！"

"你怎么知道？"

"亲眼所见，我们混到军队里，打探到了可靠消息。军队集结在离城100多千米的地方，战争一触即发！"

丘贞听到此处，突然浑身打了一个寒战，差点没站稳。

"你怎么了？"高帅见她脸色发青，"别害怕，咱们得尽快找个安全的地方避难。"

"我……我身体不舒服，先回家一趟。"丘贞说话吞吞吐吐起来，很费力的样子，"你自己注意……注意安全。回头联系你！"

说完这话，她便转身开门要走。

"天还没亮，你去哪儿？我得陪着你……"高帅话音未落，丘贞已然跑出门去，待他追出门，只见她进了电梯，电梯门关上了。

"见鬼！"高帅连忙按电梯按钮，电梯已经下行。

第十章

克隆时代

1

天灾人祸原本是常见的事，但是当灾祸还没降临的时候，谁都不相信灾祸会降临在自己头上。

这是汪若山一贯的感受，这种感受，他在童年的时候就有了。

孩子都会有这样一种情趣：拥有一双雨鞋，就期待下雨，穿雨鞋踩水。9岁那年，一场暴雨过后，小汪若山穿着新买的雨鞋，在积水的路面蹦跳行走，激起水花，带给他无限乐趣。然而有一汪积水，看起来稀松平常，但一脚踩进去，他就立刻陷了进去，没了顶。有那么一瞬间，他以为自己跳进了一个深不见底的池塘。原来，那是一口丢失了井盖的下水井，水井被雨水灌满，且和路面的积水连成一片，看上去被抹平了，成了名副其实的陷阱。

在水中窒息的感觉，汪若山记忆犹新。他在水中泡了三分钟，这三分钟，在他看来，太过漫长。他感到自己完蛋了。最后一刻，他被两只大手攥住了脑袋，像拔萝卜一样从井中被拔了起来，放在了地面上。他感到身体像铅块一样沉重，神志模糊，根本看不清是谁救了他，只觉得虚弱无力，不停地咳嗽，想喘气，却被什么东西堵住了，无法呼吸。心脏跟不上身体的需求，跳得非常缓慢。虽然是夏季，但他浑身发冷。他只能发出"啊"这个音，并且感到肺部响起了水泡音。

一个路人救了他。路人恰好是个医学院的学生，懂得急救知识，给他做了心肺复苏。从死神那儿回来的时候，汪若山吐出了好几口污浊的水。据说，哪怕再晚10秒钟，可能也就没救了。当时他的瞳孔已散大。

从此他便怕水了，但由于性格倔强，他想克服对水的恐惧。后来多次尝试学习游泳，但均告失败。直到大学毕业那一年，同学们在他生日派对的时候搞恶作剧，趁他不注意，将他推入泳池。为了不使自己太过难堪，他拼命划水，才如愿以偿学会了游泳。

救汪若山的人叫肖寒，比他大10岁。他们成了好朋友。肖寒毕业后成为一名出色的医生。汪若山身体有不舒服的地方，常常第一时间咨询肖寒。

肖寒的故事，暂且不表。只说汪若山在此事过后，理解了"无常"。前一秒，他在雨后的彩虹下面撒欢踩水；后一秒，他遭遇灭顶之灾。谁都不知道自己下一秒会遇上什么灾难，能否挺得过去，生死就看命了。

汪若山联想到他小时候差点被淹死这件事，竟想到阿玲会不会死了。高帅的前妻王艳不就消失了吗？那种突然的不辞而别，好长时间都没有音信，和死了有什么区别？

这么想的时候，他感到自己再一次被淹没在了水中。

此刻，刘蓝在他的身边，望着他眼角含着的泪水，心情复杂。一方面自己的竞争对手消失了，她有些许高兴；另一方面她见证到一贯内心强大的汪若山为一个女人疯魔成这个样子，她心里有些失落。

天色渐渐亮了起来。

汪若山感谢刘蓝陪他找阿玲，但感谢的话说不出口，他整个身心被失去阿玲所带来的空虚占据了。

此刻，他们站在G城大学东边的小山坡上，这里海拔更高，山腰被密林环绕，山顶有许多光秃秃的巨石，站在巨石上向西看，看到了整个校园，半个G城也尽收眼底。

汪若山失神地望着地平线上即将升起的太阳，那儿有大片云彩，被太阳映出淡淡的色彩，层次分明。作为自然景观，可谓美景了。但这样的美景，没有阿玲与他共赏，也就毫无意义。

"你在我眼里是个英雄，阿玲是个美人，我知道，英雄难过美人关。"刘蓝说。

"我不是什么英雄。但人生的确是在过关。"汪若山叹息道。

"我也是美人。美人也难过英雄关。"刘蓝喃喃道。

汪若山的思绪飘到远处去了，没听见刘蓝的话。

"如果阿玲就此消失，再也找不到了，你会怎样？"刘蓝见他不语，就换了个话题。

"你在咒她死吗？"汪若山突然发火道。

刘蓝被吓了一跳。她还从未见过她的老师发火。

"对不起。"汪若山觉得自己过分了，"我太难过了。"

"我能理解，如果你有一天突然消失，我也会一样着急。"

"刘蓝，有件事我不知道是不是该和你讨论。"

"因为我是你的学生吗？所以咱们不合适？"

"我要和你说另一件事。"

"什么事？"

"你不觉得，这里很奇怪吗？"

"哪里奇怪？"

"就是脚下的这片土地，G城。"

"奇怪吗？"

"高帅的前妻王艳失踪了，我的未婚妻阿玲失踪了。我是个不彻底的悲观主义者，我认为有时候苦难就是会发生在自己头上。可尽管如此，这也太蹊跷了，好像是针对高帅和我而来的。我们犯了什么天大的错误，要遭受这样的诅咒和折磨？"

"对你是诅咒，对高帅，我看不像。"

"还有方校长，以前我们还能聊聊天。自从那次坠湖之后，他像换了个人似的，一天到晚只知道催着我去反物质研究中心工作，甚至不关心我的教学。"

"那倒不奇怪，凡事都有主次之分，反物质发动机的研究决定着整个人类的存亡。他当然要催着你干了。"

"还有一个叫赵健的人。他在山区的山洞里画了一幅太阳系图，在那幅图里，地球有颗质量很大的卫星，名字叫月球。"

刘蓝闻言，愣了一下，想说什么，但没有说。

"我们这个世界有很多疑点。"汪若山继续说道，"我们像是被蒙在鼓里。但我不知道是谁把我们蒙在鼓里的。"

"我怎么没你这种疑惑？"

"月球怎么解释？赵健标注得很细致，给出了数据。"

"要不然就是它存在过，后来消失了；要不然就是你所说的那个赵健，他虚构了一颗地球的卫星。只有一个真相。你希望是哪个？"

"是哪个都行。但问题是，这么大的一件事，我却没有在其他地方看到过痕迹，没有在G城的历史资料里看到过。"

"所以，赵健那幅图是假的。"

"不，真理很可能在少数人手里。"

2

清晨，阿正从寓所出来，出电梯的时候，被一只肥硕的老鼠绊了一下。他此前只在图片上见过这种动物。G城几乎没什么动物，连虫子都少见，绝大部分动物都生活在山区。第一次亲眼见到老鼠，他吓了一跳。

阿正不是胆小鬼，他只是害怕这种毛茸茸的动物。他就是那个曾迫使按摩师巫桑成为杀手巫桑的人。他近来工作忙碌，休息不好，眼圈很黑，这使他原本就阴郁的气质更加凸显出来。

阿正才40岁，显老。他高鼻梁，鼻子很尖，眼睛不大，眼袋很大，四肢细瘦，肚子隆起，假如有人开玩笑说他和老鼠是亲戚，听者一定会心一笑。

那只老鼠步态错乱，皮毛湿漉漉的。它在原地趴伏着，肚子一起一伏，眼神迷离。显然，它害怕眼前这个人类，但它又被某种无法解脱的痛苦给控制住了，它在寻求步伐的平衡，重新站起来企图跑掉，但它只是在原地转了两个圈便撞在了墙上，叫唤一声后仰面倒在地上吐出血来，四肢在空中蹬了几下，就一动不动了。

阿正盯着死老鼠，拿不准是否应该用手抓起它的尾巴将其扔进垃圾桶。它正躺在电梯口的正前，下一个从电梯里出来的人，搞不好会一脚踩在它身上。阿正可不想看到一摊被踩扁的老鼠肉出现在自家电梯口，于是他弯着腰伸出一只手。

"别动！"有人说话了。

阿正一抬头，看到一个身材细长的男人，脸很小，肤色白净，金丝眼镜后面有一双目光坚定的眼睛。

这人正是肖寒。

阿正看见他，倒觉得有点面熟。

他想起来了，那次撞车受伤，替他检查的大夫，就是他。

"它可能是病死的。"肖寒说。

"肖大夫，你怎么在这儿？"阿正问道。

"我们认识吗？"肖寒没认出阿正。

"你给我治过伤，我被汽车撞了，你替我做检查。"

"抱歉，病人太多。你也住楼上吗？"

"巧了，咱们是邻居。"

"这老鼠需要处理一下。"肖寒的注意力在老鼠身上。

"你刚才说它是病死的？"

"它在吐血，非正常死亡。"肖寒从口袋里掏出一张纸巾小心地捏起它的尾巴，把他装入随身携带的塑胶袋里，密封好，"这是我看到的第三只死老鼠。我担心它们身上有不好的细菌或是病毒，会传染给人。"

"动物传染给人？"

"不排除这种可能性。"

"人染上会怎样？"

"恐怕和它一个样。"

肖寒与阿正道别，提着密封的老鼠上了楼。

阿正对传染病没有概念，听了肖寒的说法，觉得有点耸人听闻。如果城里到处都是死老鼠，且老鼠的病会传染给人类，那G城岂不是要完蛋了？G城是人类的火种，G城覆灭，人类岂不是要绝种了？

他笑着摇摇头，没把此事当作一件大事。随后，他去了停车场，启动汽车。

清晨的街道很清静，没什么行人，路灯还没熄灭。

起雾了，原本即将升起的太阳，也被雾气遮挡了光辉，只能略微辨别出太阳的方向而已。雾气越来越浓，能见度越来越低，阿正开启汽车大灯，几乎仅以20千米的时速前行，尽管如此，他还是按时抵达了目的地。

一间半地下的24小时营业的咖啡厅里，有十来张圆桌，每桌两把椅子，却只有一对顾客，尽管只有他俩，但他们说话的声音还是很小。

这两位顾客是阿正和丘贞。

"我刚得知一个重要信息。"丘贞凑近说。

"什么消息？"阿正眯着眼问。

"高帅说，山区的部落首领要带兵攻打G城。"

"哦……"阿正点点头，似乎不太惊讶，他一只手垫在脑后，仰起头，另一只手从衣兜里掏出一包烟，用嘴叼出一支烟，不慌不忙点燃它，使劲嘬了一口，吐出一团烟雾，几乎喷在了丘贞的脸上。然后他说："这不奇怪。战争很愚蠢，但愚蠢并不妨碍它打下去。人类历史的车辙，一直没有变更过，大鱼吃小鱼。这次谁是大鱼，谁是小鱼呢？SD已经告知G城市长，应急预案启动，接下来会有动作。你就当不知道。比起发动战争，我更关心另一件事。"

"反物质推进器快要成功了，但他们最近被一些事情绊住了脚。"丘贞说。

"嗯。"阿正点点头，"他们已经快要没用了。"

"我的任务也即将完成，但回过头来看，还是不太理解我这个身份的意义。"

"你为我做事，我为SD做事。"

"我至今没见过SD的人，他们神秘兮兮的。"

"我也没见过，但我知道他们的存在，他们无处不在，又无处可见。"

"到这个地步了，能告诉我更多信息吗？"

"你只需要知道SD正在做拯救人类命运的事情。如何拯救是机密。知道太多，对你不利。你的行动间接影响着全人类的命运，你只需要知道这一点就可以了。"

"有我在或者没我在，汪若山和高帅都会完成他们的工作。"

"有一件事SD很清楚，我也很清楚，怎么说呢，这牵扯到社会学，倒也不难理解。家庭是极其重要的社会单位，先成家后立业，家和万事兴，都是老话。纵然每个人都有自己的意志和想法，但伴侣之间潜移默化的影响力无处不在，这股力量很强大，甚至能改造一个人。打个比方，譬如你的伴侣和你说起床要叠被子，而当初你自己独身的时候，从来不叠被子，因此不叠被子这个习惯是不容易被改变的。但当你的伴侣每天都在你耳旁说要叠被子，一看见你没叠被子，他就开始唠叨。你便有了压力，不知不觉中，你只好开始强迫自己去叠被子，因为你不愿听他唠叨，久而久之，你就养成了叠被子的习惯。高帅是汪若山的得力助手，他是个鬼才，在数学方面比汪若山还厉害，没有他这件事成不了，但他这个人很不稳定。"

"是让我来稳定他？"

"是的。"

"好吧，但这个主意还是挺绕的。"

"SD要求万无一失。"阿正身子往后一仰，眯起了眼睛说，"你放心，你这个身份即将终结，实验不是接近完成了吗？事成之后，你会很有钱，应有尽有。"

"还有一件事，我很迷惑。"

"什么事？"

"高帅在梦里曾经喊过一个人的名字，好几次梦中都喊到这个名字。"

"什么名字？"

"王艳。"

阿正愣了一下，眉头皱了起来，似乎触碰到了某种隐情，但他突然又想到了什么，眉头旋即松开了。

"王艳？听上去是个姑娘的名字。"阿正说。

"显然是，她是谁呢？"丘贞疑惑地问道。

"不知道，你瞧瞧，高帅不安分，这就是我担心他的地方。而你正是能让他安心的人。"阿正笑着说。

3

汪若山感到有点乏力，在床上躺了一天，下床时头重脚轻，差点跌倒，取出体温计测量体温，37.3℃。

他端起水瓶一口气喝掉700毫升水，这是他惯用的抵御头疼脑热的办法。身为科学家，他却不喜欢去医院，顶多给肖寒打个电话，咨询一下。

傍晚，他空腹已久，却没什么胃口，只是就着牛奶勉强吃下去一颗煮鸡蛋，便什么也吃不下了。

他有点分不清楚，是因为心情不好导致身体疲惫，还是身体疲惫加剧了心情糟糕。

可能都有吧。

浑浑噩噩，他又睡着了。再次醒来时是被雷声惊醒的。窗户没关，白色的纱帘随风舞动，活像个幽灵，雨丝鱼贯而入，窗前的地板湿了一大片。

汪若山掀开被子，一股凉意袭来，他起身关窗。

白天喝水太多，这会儿膀胱快要撑破了，便去洗手间尿了足足一分半钟。

返回客厅，他坐在沙发上，用两只手揉着太阳穴，感到穴位突突地跳动着。

环顾这间屋子，看见挂在门上的那面镜子。这是宿舍楼建成时统一装修的，也不知是谁的主意，在门上贴着试衣镜，镜子还不是一整块，而是由四块正方形镜子自上而下拼成长方形镜子，恰好可以使人从头照到脚。

他照见镜子里的自己，穿着背心和内裤，才一周的时间，竟瘦了一大圈，面色也十分苍白，黑色的发丝里，出现了几缕白发。

电话铃声突然响起。

电话就固定在门厅走廊的墙上，他摘下听筒，一边依旧望着镜子里的自己，一边听着电话里的声音。

"这里是G城公安局。"电话里一个机械的声音说道。

"有什么事？"

"上次你所报的李玉玲失踪一事，到目前为止，还没有找到线索，有什么进展，我们会和你联系。"

"我不明白，这么一个大活人……"

汪若山正在说话，电话里却出现了忙音。他知道，对面说话的并不是个人，那条语音是自动播报的。

他莫名发起火来，一脚踢在了门上。

吭当一声，四片方镜中的一片掉了下来，在地上摔碎了。

镜子掉了，恰好照不见汪若山的头部，他却在那片镜子的地方，看见了一个纽扣大小的东西，有点像袖珍镜头，镜头上有镜片，反射出蓝色的光。

汪若山捡起地上的镜子碎片看，发现从一侧看是透明的，从另一侧看是正常的镜子。

蓦然间，他感到胃部一阵绞痛，然后哇的一下将原本就不多的、还没来得及消化的食物渣滓吐在了地上。

半小时后，他来到了肖寒的办公室。

肖寒戴着口罩。

"检测的结果，不出我所料。"肖寒说。

"是不是什么绝症？"汪若山近期遇事总有一些不好的联想，凡事都往最坏处想。

"你可能是得了某种传染病。"

"严重吗？"

"这个病具有很高的致死率。"

汪若山听到"致死率"三个字，一点也没有悲痛的感觉。

"哦。"汪若山淡淡地说，"那我还能活多久？"

"你身体底子好。"肖寒补充道，"据你症状的表现来看，你可能产生了抗体，有可能扛过去，但还需要进行观察治疗。"

听到这个消息，汪若山也并没有表现出有多高兴。

"好吧。"汪若山说，"这是什么病？"

"与老鼠有关，确切地说，与老鼠身上的跳蚤有关。"肖寒扶了扶眼镜说，"这种病曾有过三次大流行。第一次发生在6世纪，从地中海传入欧洲，死亡了将近1亿人；第二次发生在14世纪，波及欧洲、亚洲、非洲；第三次是18世纪，在32个国家传播。从19世纪以后，基本上没发生过大传播。没想到这一次会再度出现。"

汪若山听了这个介绍，木然地点点头，想的却是另一件事。

"有件事想问你。"汪若山压低声音道。

"什么？"见汪若山变得鬼祟，肖寒不明就里。

"你有没有感到被监视？"

"监视？没有。"

"我觉得有人在监视我。我的住处有摄像头，很隐蔽。"

"头一次听说这种事情。"

"你有没有知道什么事，是我不知道的？"

"没懂你的意思。"

"我觉得G城有很多奇怪的地方。有人失踪，有人被监控，我不知道到底是怎么回事。"

"失踪和监控我真没听说过。但从历史来看，也的确有一些不为人知的秘密。其实也不算机密，只能说是一般的秘密，一般人不知道。"

"什么秘密？"

"我们家世代都是和生物科技以及医学打交道。我爷爷就是研究克隆技术的专家。在'大克隆时代'，他付出过汗马功劳。"

"大克隆时代？"

"由政府主导，复制动物和人。本来这是机密，我爷爷签署过保密协议，但他过世很久了，临终前，他告诉了我。"

"克隆？复制？"

"起初是克隆动物，将地球上濒临灭绝的动物复制出来。这是从老鼠开始的。但很快，老鼠不用克隆了，它是哺乳动物里繁殖速度最快的，一年四季都可以交配，孕期21天，一年生6到8胎，一胎生5到10只。小老鼠长到两三个月就可以继续繁殖后代，一年下来一只雌性老鼠就可以让一家子老鼠的数目增加上千只！"

"作为一个物种，它们很成功。"

"如果不进行灭鼠行动，恐怕地球要被老鼠占领了。政府的行动力很强，G城的老鼠绝迹了，几十年都没再出现过。动物克隆没过多久，就开始讨论克隆人的可行性。"

"大家都同意了？"

"克隆人的确有风险，至少在伦理上有风险。不得已而为之啊，大灾难之后幸存下来的人数太少，只有差不多10万人，繁衍缓慢。灾难过后，自保还来不及，哪有工夫哺育后代呢？政府出台鼓励生育的政策，但收效甚微。地球人口数量太少，从物种存灭的角度来看，这是十分危险的。当然，克隆人本身也是危险的，反对的声音一浪接着一浪。"

"隔行如隔山，我倒愿意多了解一些。"

"克隆是无性繁殖。当然，'无性'在这里指代的并不是两性交合的行为，这是与'有性'相对的一个概念。有性繁殖是胚胎的形成，需要来自父母双方的遗传物质相遇，在条件适宜的情况下，发育成为个体。但克隆不依赖精子和卵子的结合，只需要来源于同一个细胞的遗传物质。提供遗传物质的细胞首先要与成熟的卵细胞融合，后者的所有遗传物质要事先被移除，然后，给融合细胞适当的环境刺激和条件，它就可以像受精卵一样开始发育。如果发育正常，最后诞生的个体就和提供细胞的母体完全相同。"

"这里面有个很重要的问题。"

"我知道你想说什么。在有性繁殖里，两性的遗传物质组合为生殖过程引入了随机性，能够确保后代与父母在遗传上具有较大的差异性。但是……"

"但是克隆只需要单一来源的遗传物质，并且与被克隆者在遗传特性上保持完全一致。换句话说，这种生殖方式产出的个体没有带来新的基因组合，只是忠实地复制了已有个体的全部基因。"

"是的。"

"当时以10万人作为基础，究竟克隆了多少人？"

"克隆人的数量，我不清楚，可能是母体的好几倍。"

"在这么小的范围里，出现了很多长得一样的人，这恐怕是个灾难。"

"当初政府也有过这个疑虑，但是这个疑虑后来被事实打消了。"

"怎么说？"

"作为一个人，究竟是受先天基因的影响大还是后天环境的影响大？'基因决定论'认为前者大，但事实证明后者可能更大一些。另外，克隆技术和想象的并不同，它做不到镜像复制，顶多也只能是一台速度很慢、翻印效果很差的影印机。通常当复制品出生的时候，'原件'已经物是人非。比如你要克隆自己，而你已经30多岁了，等你的克隆体长到30多岁，你自己已经60多岁。再加上后天的生活习惯以及环境干扰的因素，老实说，他可能已经完全不像你了。大克隆时代结束后，又过了几十年，通过自然组合的方式，产生了两代人，克隆所带来的问题就更小了。就这么说吧，你在G城生活了30多年，有没有见过和你长得一样的人？"

"有长得像的，但没有长得一样的，至少没有引起过我的怀疑。"

"所以，没什么问题。"

"对了，还有一件事。"汪若山突然想起了什么，"你刚才说，老鼠灭绝了？可我最近见到不少老鼠。"

"而且是死的。"

"对，死老鼠。"

"你的这个病，就可能来自这些老鼠。"

"这是什么病？"

"我怀疑发生了鼠疫，但这个消息，暂时还不能向外传递，G城就这么大个地方，搞不好会引起恐慌。我正打算把我的研究和判断上报给有关部门。"

"我需要住院吗？"

"需要。你暂时不能离开医院了。"

4

果然，几天后，汪若山症状减轻，甚而康复了。

回到实验室，他没找到高帅，于是拨通了高帅的电话。

"一起找找阿玲吧。"汪若山在电话里说。

"汪老师，我一边发烧，一边打寒战，头疼得快要裂开了，腹股沟的淋巴结肿了，简直有一颗核桃那么大。丘贞来照顾我，她叫了救护车，正要带我去医院。"

汪若山闻言，知道高帅八成也被传染了。

"你要去第一医院吗？那儿有个很不错的大夫，名字叫肖寒，我很熟。"

"好的。"

于是汪若山将肖寒的电话告知给他。

找到阿玲的希望似乎越来越小，虽然报了警，但警力是不充足的，当天夜里，汪若山看到大批军警开赴郊区，他们都荷枪实弹，有市民拉住一个警察询问出了何事，那个警察支支吾吾，说是演习。

汪若山知道战事一触即发，连警察都投入到了战争中。

瘟疫加上战争，不得安宁。

在群体的灾难面前，个人的灾难显得更切实。唯一让汪若山发愁的是，在瘟疫和战乱中要想找到失散的人，就更加困难了。

刘蓝抓住时机，对汪若山更是寸步不离了。

汪若山时而在宿舍楼顶坐着发呆，刘蓝经常不请自来，去楼顶找他，几乎每次都在。

"我陪在你身边，是不是会好一些？"刘蓝问。

"但我现在想一个人待着。"汪若山说。

"我不放心。"

说这番话的时候，他们在宿舍楼顶上，那有一个露台。太阳早已落山，夜晚天空的黑幕上布满繁星。汪若山不愿自己一人待在宿舍里，那里还有阿玲生活的痕迹，使他触景伤心。他在天台上望着星空发呆，手里攥着一瓶烈酒。

其实，汪若山哪里想一个人待着呢，他巴不得有人陪着他，分散注意力，缓解痛苦。热恋中的恋人失联三天，给对方造成难以抑制的焦虑。加之最近G城暴发的疫情和即将爆发的战乱，他总将不好的事联想到阿玲身上，焦虑的力度又加倍了。

刘蓝听汪若山说想自己独自待着，这话有点伤人，但她并不离开。她喜忧参半。见阿玲失踪，没了对手她高兴；看到汪若山痛苦，她跟着痛苦。

汪若山饮下一口酒，脑袋更晕了，他抬起手摩挲着手表，那是阿玲的手表，也是李克的遗物，现在戴在了汪若山的腕上。

"刘蓝，谢谢你。"汪若山迷迷糊糊地说道，"对不起，我对你态度恶劣，但其实你是在帮我。我现在看起来完全没有为人师表的样子。"

"什么时候了，你还在乎为人师表。"

"我没打算为人师表。"汪若山喝了一口酒道，"我发现，你对我不用敬语了。"

刘蓝扑哧一声笑了出来。

"用'您'不够亲切。"刘蓝歪着头说。

"没错。我今天不当你是学生。我当你是个朋友。"

"女朋友？"

"女性朋友！"汪若山纠正道，"可以倾诉的朋友。"

"请便吧。"

"半年来的经历，有点像过山车，自从在山区邂逅阿玲，生活就翻天覆地，冒险取代了本来规律和平淡的生活。好端端地教书，无非是送一届又一届的学生毕业。身为教师，是可悲的，不断重复自己。"

"你还有科研项目呢，这才是重点吧？"

"反物质推进器？是的，这个项目耗费了我大部分精力，也因此我才需要家庭生活能给予我一些慰藉和平衡。可惜，还没有来得及……"

"我能给你带来慰藉吗？"

"我已经有阿玲了。可惜，我还没来得及和她组建家庭。"

"我看你把她看得比科研还重要。"

"是的。她曾问我愿不愿和她去山里生活，要不是科研项目压得紧，恐怕已经实现了。"

"撒手科研？"刘蓝忍不住道，"你有没有想过这是在害她。"

"什么？"汪若山不解地说道，"为什么是害她？"

"我的意思是……"刘蓝支吾起来，"如果你不去更好地发挥作为一个量子物理学家的作用，尽快研制出可靠的反物质推进器，地球迟早覆灭，到时候你和阿玲都将不复存在。"

"'播种计划'？那是留给后人用的。将人类的精子和卵子发射到一颗适合人类居住的星球，并不是我们自己坐船去那里，是人类的基因被运到那儿，在那里由机器人将受精卵孕育成人，在新的星球上发芽生长，繁衍后代。我们现在，地球上的所有人，只是在做一个遥远的铺垫。"

"科学家应该有悲天悯人的情怀，即便是为了后人，也应该不懈努力。"

"我不知道是否已经找到了那颗宜居星球。"

"既然飞船都要准备好了，目的地肯定是有了。"

"有件事我一直奇怪。这是浩大的工程，牵扯到的科研人员非常多，但我们每个人都签署了保密协议。每个人都负责很窄的部分，大家不知道其他人具体在做什么。甚至，我都没见过其他人。大家被隔绝起来了。这个工程为何要被严密分割，为何要被保密和隔绝？"汪若山转而又说，"你又是如何知道这个项目的呢？"

"我？我和你心有灵犀呀……"

汪若山没有就这个话题追问下去，他又自顾自说起了别的。

"我曾经一度很讨厌反物质。"汪若山道，"自然界那么稀有，又很难创造，好不容易搞出来一点点，又难以存储，弄不好就会出事故。比居里夫人研究放射性物质的危险性还大。"

"我对这件事一直很好奇。"

"也没什么神秘。我要拨开量子随机性的迷雾，找到正反粒子产生的统计规律，从而抓住那些转瞬即逝的正反粒子，让它们成为离子发动机取之不竭的能量来源。"

"这个思路似乎违反了能量守恒。"

"并没有。从真空中获得'正能量'的同时，就会获得等量的负能量。系统总能量依然是守恒的。把能量维持在飞船系统中，不对船体造成毁灭，这是难点。"

"可你终究还是成功了。已经给航天中心提交了足量的反物质，飞船发动机也基本适应了。"

"我的工作任务的确接近完成。但我的生活乱套了。"

"历史上没有几个人能在人类的关键时刻起到这么大的作用。"

"高帅以前和我提到过一部文学作品，一个名叫阿西莫夫的人写过一本小说叫《永恒的终结》。故事是说，24世纪，人类发明了时间力场。到27世纪的时候，人类在掌握时间旅行技术后，成立了一个叫作'永恒时空'的组织，在每个时代的背后，默默地守护着人类社会的发展。永恒时空以一个世纪为单位，并视每个世纪的发展需要而加以微调，以避免社会全体受到更大伤害。通过纠正过去的错误，将所有灾难扼杀在萌芽中，人类终于获得安宁的未来。但是这种'绝对安全'的未来却在某一天迎来了终结，银河系最终没有了人类的踪影。原因是那些被认为可能导致灾难的事情都被人类杜绝了，有许多领域，因为可能带来灾难，就被提前扼杀了，例如星际探索。这种做法不知不觉形成了因果链，导致人类失去了发展的机会，四面八方涌来的黑暗，即将吞噬人类。等大家幡然醒悟时，银河系已经被其他智慧生命占据了，人类被困死在了地球上。"说到这里，汪若山停了下来，眉头紧锁。

"你认同这部小说中的观点吗？"

"我认为，人类自身的问题很多，有人提出过'人类命运共同体'，这个提法很好，在宇宙里，地球是沧海一粟，是行驶在无边大海中的一叶扁舟，非常脆弱。但尽管如此，我们却忙着窝里斗，嘴仗和战争从未止息，无法团结起来一致面对共同的敌人，人类命运共同体的理念从未实现过。2020年暴发了一场全球范围的瘟疫，但国家之间吵来吵去，思考的却是瘟疫是谁先传染给谁的，相互责备，使得抗疫物资的合理分配都无法顺畅。这不可笑吗？病毒难道不是随机出现的吗？病毒会事先和人类商量好从哪里开始吗？现在，地球成了水球，陆地所剩无几，人类只剩20万人，我们是濒危物种，如此脆弱，却丝毫不耽误战争的发生，还会有人去杀人，还会有人去送死。我不明白，人类搞星际殖民，难道是要把这番祸水遍布到整个星系？"

刘蓝不再对答，只是听着汪若山滔滔不绝。他起初还算理智，但在酒精的刺激下，开始胡言乱语。

"我哪儿都不去，我就喜欢在地球上待着，守着我爱的人住在地球上的大山里，远离城市喧嚣。什么反物质，统统滚蛋！"

汪若山已经喝光了一整瓶烈酒，天旋地转，思维错乱，有一阵子，他看到眼前坐着阿玲，他伸出双臂，拥抱了她，倾诉着久别重逢的喜悦，告诉她父亲的后事已经安排妥当，他要娶她，生一堆孩子，在与世无争的地方，亲自教育他们，用大自然和淳朴的爱来呵护他们，看着他们长大成人。

他睁开模糊的双眼，泪眼婆娑，聚焦在阿玲的脸上。渐渐地，他发现不对劲，眼前的人不是阿玲，是刘蓝。于是他推开了她，抓起另一只还未开封的酒瓶，用力拧开，直接往嘴里灌下去。

刘蓝夺过汪若山手中的酒瓶。

"你不能再喝了，你喝得太多了！"刘蓝喊道。

"把酒给我！"汪若山争抢酒瓶。

刘蓝拗不过他，心里一急，就自己仰天猛灌下去半瓶。

汪若山呆呆地望着她，都忘了夺回酒瓶。

这是刘蓝第一次饮酒，况且是烈酒，她晕乎起来，天旋地转，猛然间，她感到眼前一阵电光火石，身体好像突然失重了，有一股巨大的力量把她托举起来，飘浮在空中，紧接着，眼前的物体消失了，汪若山也不见了，她只能看到白茫茫一片亮光。

"刘蓝，刘蓝……"

她听到有人在叫喊，有点像汪若山的声音，但似乎像是加上了变声器，声音变细了，而且有很长的尾音，就像在空旷的礼堂里说话。

第十一章

两场战争

1

战争的第一枪打响在城西郊区。

西郊是一片新城区，所有的建筑物都体现出一个"新"字，虽然依旧是白色，但是造型要大胆多了，相比较G城中心的那些方方正正的矮墩墩的保守建筑，新城区显得更有活力。然而，新城区尚在开发，到处是工地，只能看到它初步建成的样子。

这里有一座军营，军营只有一座建筑，它被建造成了一部老式火箭的样子，有头部整流罩、燃烧剂贮箱、仪器舱、级间段、发动机推力结构、尾舱等，一部火箭应有的结构它都有，就像一个与实物同等大小的模型。这座巨大的建筑有50层高，能容纳5000名官兵。24部大空间电梯保障了它能够快速运载士兵们抵达一楼。

汪若山每次去山区都会路过这个军营，他不知道它为什么会建成一座老式火箭的样子，就像某种崇拜物或某种图腾，非要把军事和宇宙探索捏合在一起。

军营一层的枪械库里，摆满了各式各样的单兵作战装备，手枪、冲锋枪、突击步枪、狙击枪、机枪、散弹枪、火箭筒、手榴弹以及防护用具和监视装备。军营其他部分就是一大片空地，停放着各式战车和战斗机。当然，大部分军事装备相比较大灾之前，是落后的。军事不是灾后的首要任务，也没有什么需要保家卫国的事情，灾后的首要任务是恢复民生。G城的治安由数百名警察来保障。

但是，近些年，也出现了一些尖端武器装备，例如"分解机"，这是阿正监督下的军事科技研究所研发的一款新装备，能够使被击中的物体化成一股非常细微的烟尘，仿佛其中每个原子和其他原子的键松脱了，物体变作一团分离的原子，各个原子当然会立刻试图结合，但它们弥散得太快，稍有空气流动，便化作一缕青烟。这种仅仅在轰击点造成的原子分解的武器，不会引发爆炸，不会起火，不会释放出致命的辐射。显然，这是高科技武器，甚至人类在大灾前还没有研发出如此厉害的武器。这种武器需要巨大的能量才能激发，而它的工作机理，是阿正督导下的军事科技研究所的绝密信息，不为外界所知，甚至这种武器绝大多数的军人都没有见过。但有一个人不但见过，而且还使用过，那便是巫桑。只不过那只是一个相同原理下的便携式的小设备，轰击距离很短，是这种武器尚在测试中的试验品。大型分解机最终会安装在星际飞船上。

当然，这些都是机密。

军营围墙之外，大约相距200米的地方，有一座刚刚建成不久的电影院，影院从外观上看，是一座正方体，它的长宽高是等距的，放映厅也只有一个，能容纳600人同时观影。由于影院离军营很近，电影便成了官兵们日常操练之外的消遣。整个观众席，往往一半都是军人。

灾难虽然洗劫了地球，但文艺还是保留了下来，只是，没人拍电影，影院里只放映老电影。

一天晚上，影院刚刚散场，放映的是一部名为《星际迷航》的影片。剧情发展迅速，科克和史波克指挥着安装了曲率发动机的"企业号"，带领全体船员对战"娜拉达号"，那一刻，激光炮对准了"娜拉达号"，接下来便发出了巨大的爆炸声，有那么一瞬间，观众以为那是影片的声效，但是这声音也太巨大了，座椅都发生了剧烈震动，房顶的渣土簌簌地往下落。

影院的经理知道这不正常，他已经把这部老影片看过上百遍了，虽然有爆炸的声效，但也不至于如此剧烈。他走出影厅，发现西边不远处的军营火光冲天，那栋火箭造型的高大建筑，40层以上正在着火，照亮了整个军营。

他惊讶不已，爆炸还在持续，显然，那不是一般的爆炸，像是被威力巨大的导弹击中了。几辆运兵车被炸毁，一个着火的轮胎被冲击到高空中，划过长长的抛物线，直接奔影院而来。实在是太巧，这影院经理要不是躲了一下，几乎要被砸中了。

另一个地点随后也遭到导弹袭击——位于G城中心的政府大楼。

阿正当时正在向市长汇报工作。

"发射架安装完毕，舰队飞船正在做最后的检测。"阿正说着抽了一口雪茄烟，吐出一团烟雾，他闭上眼睛，用鼻子轻轻吸着弥散在空气中的烟雾。

"少抽烟！"市长说，"我不希望看到舰队的负责人带头吸烟。"

"哦，您批评得对。其实我是个挺自律的人，在任何方面都能管好自己，除了吸烟。但我会尽力的。"

"舰队官兵第三期培训效果如何？"

"依我看，与其在生产建设方面做那么多的培训，倒不如加大军事训练的力度。没有占领一颗星球，谈何建设？"

"都很重要。"市长打开一份资料，看了看，抬头对阿正说，"卫生健康委员会的人说，西部山区出现了传染病，病死率很高，你怎么看？"

"山区早该覆灭了，这个病来得正好！"阿正踱步至巨大的落地窗前，望着窗外的夜色说，"不过，既然是传染病，山区和G城之间没有采取隔离措施，如果G城也染病的话，问题就大了。我建议立即进行隔离……那，那是什么？"

阿正望见城西的一片云彩，被映成了红色，在它的下面，有一团火光，看起来就像百米之外点亮一个100瓦的灯泡。

"你不知道吗？"市长说，"连续三天进行夜间演习。"

"是，原计划是演习三天，但有个别分解机出现故障，有千分之一的概率会自我分解，这也够要命的了。所以，第三天的夜间演习推迟到明天进行了。"

"军营里那团火是哪儿来的？"市长发火道，"官兵们在举办篝火晚会吗？"

市长话音刚落，办公桌上的电话就响了。

"喂，怎么回事？"市长拿起话筒，对面声音嘈杂，并伴随着剧烈的爆炸声，他不禁将话筒举远了些，"你说什么？突袭？"

市长秘书突然从门外闯入，神色慌张。

"赶快去防空洞！"秘书连称谓和敬语都没来得及说。

市长挂断电话，意识到危险，他连外套都忘了披上，便立即随秘书出了门，将阿正一人丢在了办公室里。

阿正觉得匪夷所思，山区的军队提前发动突然袭击，为何情报部门没有掌握情况，难道有关人员被策反了？他原本对击败尼鲁的军队信心十足，觉得那不过是踩死一些蟑螂而已。

他下意识地感到自己应该随市长去防空洞躲避，但又觉得自己作为军队的统帅之一（他刚刚被任命为太空舰队司令），应该去前线了解情况。

这都是脑海中几秒钟之间的纠结，尽管脑部剧烈活动，但他的身体却一动没动，他盯着窗外，远处出现了一个亮点，一个拖着长尾巴的亮点，它很小，速度很快，正朝着政府大楼的方向飞来。

事情发生在一瞬间，他突然听到一声巨响，响声极为刺耳，他觉得自己的耳膜破裂了，因此巨响持续了不到一秒钟，紧接着就变作一种蒙在鼓里的沉重的闷音。

那是一枚制导飞弹击中了政府大楼左侧四楼的位置，阿正此刻在六楼的正中央，他倒在了地上，满脸尘土，硕大的水晶吊灯从天花板砸向了地面，金属支架刺中了阿正的左腿，他疼得尖叫起来。

这尖叫声也没有持续多久，他的眼睛瞪着落地窗，玻璃已经被震碎，满地玻璃碴，窗外的状况看得更加清晰了。

几秒钟后，第二枚飞弹呼啸而来。

阿正经历了人生中最奇特的一幕，他骤然看到自己飞了起来，左腿从膝关节以下飞向了右侧，右腿从大腿根部开始飞向了左侧，他还看见了一只在空中飞舞着的手，这只手拍在了办公桌后面那幅巨大的G城地图上，在地图上拍出了一个扇形的血印，然后掉在了地上。

有那么一刻，他觉得自己清醒极了，耳朵似乎恢复了听力，听见地板被撕裂了，发出粗竹管被掰断的声音。他天旋地转起来，旋转到某个角度的时候，他的眼睛恰好冲下望着，他看到自己只剩下一条胳膊和半截身子，肠子甩出去有一米多远……

然后一切归于寂静，天空落下许多石头，砸在了他的脑袋上，他觉得自己就像一台被拔掉插头的电脑，蓦然间黑屏了。

在战场的另一头，尼萨举着酒杯站在临时搭建的作战指挥部帐篷里，坐在他对面的是尼鲁。危急关头，他还是不放心，到前线督战。

"命中政府大楼！"尼萨的眼睛冒着光，"擒贼先擒王！这几枚导弹可真不是吹牛的，好钢用在了刀刃上！父亲，我说什么来着，您不必来前线，在家里等捷报就行，哈哈哈……"

"嗯，我要等你笑到最后。"尼鲁没有发笑。

此时，一位军官走进帐篷，汇报了另一件事。

"我们的眼线在城东发现一批巨大的金属支架。"军官擦了擦额前的汗珠说道，"现在还没搞清楚那是些什么东西。看起来很像巨型导弹发射架，不可思议，居然造得那么大。"

"不用我告诉你怎么做。"尼萨说。

"我听您安排。"军官问。

"既然开战，这些武器会用来打谁呢？"尼萨喝掉杯中酒，"你说那是新式导弹？那就无论如何都要把它扼杀在摇篮里！我可不希望看着它落在我脑袋上。"

"是！"军官应道，"但是咱们导弹库存没有了，要想炸毁那些新式武器，只能用其他办法了。"

"我不管你用什么办法，让它们在我眼前消失，否则我就让你消失。"

"是！"军官额前冒出一层细汗，倒退了两步，转身离开帐篷。

"嗯，看来，我可以回去了。"尼鲁说。

"我们赶上了好时代。"尼萨对父亲说，"我佩服强人，比如拿破仑和希特勒。他们的敌人也是硬骨头，不好啃，费了很大力气取得阶段性胜利，但最终还是失败了。他们不够幸运，没有赶上好时代。大灾过后，土地骤减，人口骤降，我的敌人是历史上最弱小的敌人，没那么多国家来和我作对，只有一个G城。称霸全球的机会出现了，我将主宰一颗星球。这是历史给我的契机，是上天在成就我，我需要做的，就是顺应这样的使命和召唤，成为地球的主人，哈哈哈……"

尼萨笑着笑着，突然觉得自己的喉咙像是被卡住了，这引发了剧烈的咳嗽，他用手捂着嘴咳嗽了足足有一分钟。

当手心摊开的时候，在场的每个人都看到了他满手的鲜血。

2

导弹命中政府大楼六天后，城市显出另一番景象。

黎明，微风吹拂着行人稀少的G城。表面看去，街道和建筑线条分明，白色的墙壁和黑色的房顶，勾勒出G城特有的整洁感。街道两旁的树静静矗立着，树枝末梢随着微风轻轻摆动。

这完全不像一个正在被瘟疫吞噬的城市。但凑上去细看，会发现所有的店铺上都贴着一张统一格式的告示"鼠疫期间停止营业"。只有报刊亭是开放的，卖报的小贩睡眼惺忪，靠在亭子里的椅子上发着呆。他面前的报纸上印着有关"战争"和"鼠疫"的醒目大字。战争的版块明显少于鼠疫的版块。有一张报纸是随着鼠疫的横行开始发行的，名字叫《鼠疫快讯》。报纸的任务是："以严谨和客观的态度，向地球最后的人类——G城的同胞通报疫情蔓延或者减退的情况；提供疫情前景最权威的证据；报道与疫灾斗争的知名或者不知名人士；鼓舞居民的斗志，传达当局的指示。"

总之，就是集合一切力量同病魔做斗争。

报纸上讨论着鼠疫何时结束，人们乐观地认为，最多会再持续一个月。

传染病医院有三幢白色的大楼，院子里的地面停车场这会儿已经没有车辆了，全部搭起了硕大的白色帐篷。汪若山大致数了一下，一共有10座帐篷，每座帐篷里有大约40张病床。因为病人太多，大楼里住不下，高帅也住在这样的帐篷里。

汪若山推开帐篷沉重的厚门帘，看到里面很宽敞，尽管天气炎热，但所有的窗户仍然紧闭着。四壁的高处有几台换气装置在嗡嗡作响。装置里弯曲的螺旋扇叶搅动着两排白色病床上空浑浊的热空气。从四面八方传来低沉的呻吟或尖声的叫喊，汇成一首单调的哀歌，让听者绝望。几个穿白大褂的医生在窗外刺眼的日光下忙碌地走来走去，光线是从帐篷顶部的窗洞射进来的。在这闷热得让人坐立难安的帐篷里，汪若山感到身心疲劳，他好不容易才认出肖寒，并且是根据体态辨认出来的，因为他也照例戴着口罩，穿着防护服，躬身站在一个病人身旁。肖寒直起身，把手术器械扔到助手递来的盘子里，一动不动地站了一会儿，似乎在承受腰肌的劳损痛。

肖寒曾跟汪若山说，既然经常和高帅在一起，并且也碰到过死老鼠，如果没有被感染，那就是大概率不会感染了。鼠疫这个传染病，虽然凶狠，却并不是人人都会被传染的。

尽管如此，为了能探望病中的高帅，汪若山还是遵守医院的规定，穿上了连体的防护服。

看到高帅的时候，汪若山有点没认出来，他的变化太大了。

高帅看到了汪若山，伸出一只手，后者隔着橡胶手套握住了那只手，他觉得自己像是握住了一只孩子的手，似乎连手都缩小了，尽管如此，那只小手却很用力地攥紧了他的手。

高帅没有说话，眼睛盯着挂在墙上的显示器，里面正在播报新闻，胖乎乎的市长正站在几辆大型卡车旁，视察防疫物资的调配状况。一群穿着绿色制服背心的工作人员正从卡车上搬运物资，将这些物资分装在小车上。这些小车再将物资运往各处，首先是运往各大医院，其次是一些必要的政府机关部门。市长戴着口罩，脸比口罩大得多，他头发蓬乱，不时问询身边的一个医务工作者，然后下达指令。

汪若山完全想不到，几天后，他将会面见这位市长，讨论极为重大的事情。而此刻，他还是在电视机前看市长新闻的普通观众。

不过，这是后话。

由于多日没有洗澡，高帅的身体发出了酸臭的汗味。

汪若山望着高帅的脸，这张脸起初很像一具尸体的脸，但忽然间，不知被什么事物触动了一下，脸上出现了光彩，甚至连灰色的嘴唇都变红了，眼睛睁得大大的，放出光来，他用力抓住汪若山的手，说起话来。

这让汪若山不禁想起了以前和肖寒讨教过的一个生理状况。

"我们体内最直接的能量来源，是三磷酸腺苷。"肖寒如是说，"在自然濒临死亡的人群身上，一般会出现大脑、心、肝、肾等严重的器质性衰竭，体内脏器的功能无以为继，只能勉强维持最低限度的新陈代谢，让生命不至于终止。但是，人体细胞中还储存着能量物质三磷酸腺苷。当生命即将跨过临界点抵达死亡的时候，这些仅存的三磷酸腺苷就开始毫无保留地分解，迅速转化为二磷酸腺苷，这个过程中会释放出大量能量。"

"会有什么外在表现呢？"汪若山问道。

"有了能量以后，大脑也会分泌出大量肾上腺素和皮质激素，这些东西会继续刺激体内所有的三磷酸腺苷，让它们转化，产生能量。

"在肾上腺素和大量能量的支持下，那些功能已经衰竭的器官供血和供氧都迅速恢复了，濒死的人看起来又重新焕发了生机，不管是皮肤的光泽度，还是心跳、体力、精力，看起来都大大'好转'了。"

"这就是所谓的'回光返照'吧？"汪若山不禁说道。

"对，这是最后一点能量的迸发，无法持续多久，这点能量烧得很快，在此之后，生命就会沉入永久的黑暗，人生之旅也就完结了。"

汪若山听完这些言论，心里却很受用，他感受到了生命因科学而变得清晰。

但此时他看到高帅也出现了如此反应，他知道这是回光返照，他很伤感，但他没有把伤感写在脸上，他微笑着，眼神坚定地望着高帅，聆听着他的话语。

"世上是不是真的有瘟神？"高帅大声问道。

"高帅，这世上没有瘟神。"汪若山道，"只有病菌和病毒。"

"我觉得有。我是不是罪有应得？瘟疫的出现是不是老天爷在打击他的敌人？我前几天看有关瘟疫的书，埃及法老反对上天的意旨，是鼠疫让他终于屈膝。老天爷会降灾给自大的人。"

"没有什么老天爷。"汪若山语气温和地说。

"鼠疫牵连了许多人，这些人到了应该反省的时刻。"高帅似乎没有在听汪若山讲话，自顾自地说下去，"正直的人不会害怕，但恶人就应该发抖。这个世界已经和罪恶妥协的时间太长了。我们都擅长后悔，轻车熟路，但在悔恨之前，我们都选择放任自己。我觉得我好像看见瘟神了，他披头散发，浑身乌烟瘴气，挥舞着长矛，正在追杀有罪的人。"

高帅说着话，眼睛里透出惊恐的神色，松开了握着的手，指着前方，然后又捂住了自己的眼睛。

"你能有什么罪呢？"汪若山问。

"我对前妻漠不关心！"

"这的确是罪过，但也不是一点都不可理解。"

"我参与研究反物质了，这是不是罪过？自然界几乎没有反物质，为什么呢？老天爷创世的时候，反物质是瑕疵品，是不和谐的音符，他不允许这种瑕疵和不和谐存在。反物质遇上物质就会湮灭，湮灭就是同归于尽，这多可怕。所以自然界的反物质才会那么少。反物质很难制造，又那么难存储，但是居然被我们制造出来了，还能大量存储，被我们搞定了。这是不是违反了宇宙的法则？我终于相信山区人古老的信条了，不该尝试发展科技，要回归原始，回归自然。我有罪！"高帅说着，号啕大哭了起来，鼻涕流到了嘴巴上。

"我也参与了！"汪若山看到这样的高帅，心痛不已。

"那你也得小心啊，你不该来看我，你会被瘟神盯上的。我看了资料，鼠疫杆菌永远不会死绝，也不会消失，它们能在家具和衣被里存活几十年，它们会在房间、旅行箱、废纸堆、下水道里耐心等待。有一天，鼠疫会再次唤醒鼠群，使它们葬身，使人们染病，再次教训人类！"

"你别说话了，好好歇着吧。"汪若山不知道该如何继续这番对话。他意识到，人之将死，往往会有一些颠覆性的言论。防护服异常闷热，他感到身心疲惫。

高帅说完这些话，就突然住了口，眼睛里的光熄灭了，手无力地垂了下去，然后，他便进入了生命最后阶段的挣扎。

肖寒走了过来，盯着高帅，又与汪若山对视了一眼，摇了摇头。

经过一番挣扎高帅一动不动地躺在那里，仿佛身子一下子缩小了一大圈。

他张着无言的嘴，他的嘴如同一个黑洞。

3
—

高帅走了，汪若山没有流下眼泪，只感到自己心里发堵。他闻到了尸体的味道，想到他完成了轮回，即将进入火葬场，在熊熊烈火中化成一团灰，那些灰，再度成为大自然里的小颗粒，继续变作其他东西。

汪若山往帐篷外走，一个手脚麻利的医护人员正在给一个尸袋拉拉链，他不经意间看到尸袋里的人很面熟，于是他请求那个医护人员把拉链再度拉开，对方愣了一下。

"这个混蛋有什么好看的？"医护人员瓮声瓮气地说道。

"很面熟。"汪若山说。

"谁不认识他？这个罪大恶极的人！"医护人员说着就拉开了拉链。

那是尼萨的脸，面目异常平静，五官棱角分明，嘴角甚至有一点微微上翘。这张脸简直像一尊古希腊美男子的大理石雕像的脸。汪若山蓦然觉得，这张神情安然的脸，仿佛属于一个沉睡的思想者。凹陷的眼窝，加深了他的这种印象。尼萨活着的时候，完全就是一副阴险残暴的嘴脸。这种古怪的对比，让汪若山不禁觉得，人的皮囊，完全由内在的心理和思想支配。

他告别了肖寒，从憋闷的帐篷里走了出来，来到医院外，脱下已经被汗水打湿的防护服，他摘下口罩，大口呼吸着室外的空气。

汪若山蓦然觉得人的生命如同蝼蚁。疫情导致的死亡远远多于战争。尼萨当然是罪有应得，但其他人，那些无辜的人为什么也死了？

他感到迷茫。

虽然身体被解放了，但他的心里沉痛到了极点，就好像心脏被荆棘勒紧了。他的爱人没了，他最好的同事和朋友也撇下他走掉了。

作为一个孤儿，没有什么比这更糟糕的了。

他的思绪，不禁飞回到童年。

上小学的某一天，他记得那天云层很厚很低，压得他喘不过气来，远处响起了爆炸声，火光映红了天边的云彩，大地在震动。大人说那是远处的火山爆发了。他的父母在那一天就突然消失了，没有回家，当然，他的父母很少回家，印象中他自己总是独处，一个人玩儿，一个人吃饭。饭菜都是父母大清早做好放在那里，到了吃饭时间，他自己去加热。

汪若山不知道他们是怎么消失的，有人说，因为海啸冲破了防护堤，夺去了许多人的生命，包括他的父母。此后，他在孤儿院长大，他没什么朋友，孤寂的童年，塑造了他冷静坚毅的性格。从小学到中学，他都是缩起来的那种孩子，不爱凑热闹，班里的同学甚至感受不到他的存在。他也不希望有人注意他，他只喜欢自己待着。他对宏大的事物并不感兴趣，却喜欢微小的事物，他能蹲在蚂蚁坑边上看上一个下午。他有一天看到学校的实验室里一个显微镜，好奇心大发，不愿错过任何小东西，他把头发丝、耳屎，甚至一粒小灰尘，拿到显微镜下看。他越来越喜欢沉浸在他的微小世界里，无法自拔。上了大学，他迷上了量子物理，在这个领域里，他读完了硕士和博士学位，并且很快成了专家，引起了业界的关切，引起了政府的重视。

汪若山从医院一路走回校园，不知不觉间，在一栋建筑物前停下了脚步。

他从历历在目的往事中回过神来，眼前的这个建筑是女生宿舍，8层楼，住了480名在校女生。拿到毕业证的学生，多数已经不住校了。

他蓦然想到了刘蓝。

那天的饮酒，使汪若山十分后悔，刘蓝第一次喝酒，才发现她有严重的酒精过敏。救护车将她拉至医院，肖寒为她做了检查，她属于迅发型酒精过敏，症状出现得很快而且严重，除了皮肤出现红肿和瘙痒外，还出现喉部水肿导致的呼吸困难。这些症状，差点要了她的命。奇怪的是，在医院时她一直面带神秘微笑，简直堪比蒙娜丽莎的微笑。汪若山和肖寒面面相觑，不得其解。虽然下功夫治疗，刘蓝却一直没醒过来，但检测身体各项指数都正常，这也令人奇怪。

后来疫情严重，她就被转移到更安全的医院了。

事情因汪若山而起，他心生愧疚，想去看看她。

第十二章

飞向地球

1

汪若山没有找到刘蓝的下落，听说是转院了，他去了那所刘蓝转入的医院，却也没有找到她。

山区与G城之间爆发的战争，仿佛一只点着了引线的炮仗，引线在迅速燃烧，花火四溅，却一下子被扔进了水里，在爆炸的一瞬间，被瘟疫的大水淹没，没能炸得起来。人们普遍有一个看法：即便战争全面爆发，也不会比鼠疫带来的损失更惨重，能死更多人。

汪若山尽管还在寻找着阿玲，但他心里知道，鼠疫阻断了希望。市长在电视里的讲话中告诫市民，如果不采取严厉的自我隔离，G城即将毁灭，这比战争还要可怕。的确，战火是能看得见的，但瘟疫是隐形的杀手，就像"二战"时斯大林格勒的苏联狙击手，给气势汹汹的德军以巨大的心理威胁，人们不知道子弹会从哪个方向射来，也许一命呜呼的时候完全是懵的。换句话说，还没有染上瘟疫的人，总是心里惦记着这件事。

无所事事的汪若山，去医院当了志愿者。

医院人手短缺，一些医务工作者本身由于密切接触鼠疫患者而感染了这种致命的疾病，许多人倒下了。

冒着生命危险冲到防疫第一线，倒不是汪若山有多么高尚，而是因为他实在是没有什么能失去的了，他甚至觉得自己已经不是个活人，只有待在最危险、距离生死关口最近的地方，他才能感到自己还活着。

尽管鼠疫给山区和G城以沉重的打击，但它的消退也是始料未及的。G城的市民没有急着庆幸。瘟疫虽然增强了他们得到解脱的愿望，但也教会了他们小心谨慎，何况他们已经习惯越来越不指望短期内结束瘟疫。不过，大家都在谈论这个崭新的现象，而且在每个人的内心深处都产生了迫切的恢复日常生活的希望。

死亡统计数字下降了。

曾经是鼠疫围剿人类，现在是鼠疫被人类围剿。但没人敢掉以轻心，鼠疫时不时也会咬牙顶住，它胡乱鼓鼓劲便能夺去三四个有望痊愈的病人的生命。有不少人是不走运的，因为他们是在充满希望的时刻被鼠疫杀死的。巫桑便是其中的一个。

"一线希望的曙光便足以摧毁连恐惧和绝望都未能摧毁的一切。"肖寒望着一个躺在病床上的病人，如是说。

那个病人，正是巫桑，此刻正在遭受着病魔的吞噬。几天前，他知道疫情要结束了，心怀希望，但此刻恶疾发起了反扑，他就像上了救生船，正自高兴，船体却漏了个窟窿。

汪若山站在病人身旁，正在听从肖寒的安排。他懂得肖寒的意思，眼前的这个人没救了。他感到此人相当隐忍，纵然病魔摧残着他，但他从头至尾没有"哼"一下，看到肖寒忙前忙后，他还经常表达谢意。后来，他说不出话了，但从他的眼神里，能看得出他已经做好了接受死亡的准备。在疫情肆虐的时候，他就已经做好了准备，但这几天疫情的衰退，给了他希望，他原本是做好准备赴死的，但这个"希望"，正如肖寒对汪若山所说的，破坏了他坦然的心情。

汪若山不认识巫桑，也从未见过他，更不知道这个男人曾在他的房间里出没过。

因此，汪若山向他伸出了手，他握住了那只被病魔折磨得颤颤巍巍的手。

"难受吗？"汪若山觉得自己说了一句废话。

"不难受。"巫桑说道。听他的语气，这句话似乎是由衷的。"身体的难受不是什么大事。"

巫桑说到这里，突然咳嗽起来，这咳嗽像是从脏腑深处发起的，他的整个身子都震颤起来，由于没有及时用手或者纸捂住，他竟然喷出一口血来，猝不及防，喷了汪若山一脸。

当然，汪若山是戴着口罩的，但也不得不跑到帐篷外面，摘下带血的口罩，扔进指定的废物桶里。重新给自己全身消毒后，他又换了一个新的口罩。

当他回到帐篷里的时候，巫桑嘴边的血已经被擦干净了，安静下来。

"很抱歉，你要保护好自己，不过，看你裹得这么严实，问题不大。"巫桑说。

的确，汪若山穿着一整套白色的防护服，戴着帽子和橡胶手套，透过护目镜，只露出两只眼睛，看起来活像一个刚刚堆好的雪人。

"相比较死，我觉得活着倒更不安。"巫桑说。

"活着的确很累，但死了也没什么好。"汪若山说。

一旁的肖寒望着汪若山，使了个眼色，那意思是：你这是安慰人吗？

汪若山倒不以为然，那是他的心里话。巫桑听完这话，还挺受用，甚至冲汪若山笑了一下，仿佛找到了知音。

"我想问你个问题。"巫桑说。

"你说吧。"汪若山道。

"刽子手，会不会遭报应？"

"刽子手？你是给死刑犯人行刑的人？"

"是的。"

"如果他代表了正义，没什么问题。"

"是，我也这么想。但我始终不知道自己是否代表正义。"

"你是行刑者？"

"算是吧。"

"政府和法律不代表正义吗？"

"问题是，我从未看见过判决书，我不知道他们触犯了什么法律，也不知道他们有什么罪。他们都是好端端的人，甚至是美好的人……我心里很清楚，我忘不了，有一个姑娘，她……"

说到这里，巫桑的眼睛有点睁不开了，他那遭到病魔蹂躏的面容更加惨白了。暴风雨般的高烧使他间歇抽搐，清醒的时间越来越少了。他下沉到海沟的底部，脸庞化作一个再也没有生气的面具，仿佛体内某处的主弦断了似的，低沉地哼了一声，便再也没了呼吸。

汪若山站在原地，看着巫桑，这个死前和他对话、表达忏悔的人，心里有一种莫名的滋味。

2

汪若山交付了反物质发动机方案。

发动机安装调试完成。巨大的火箭发射基地矗立在G城靠近海边的东岸，站在学校宿舍楼顶上，都能隐约看见六座发射架。汪若山挺奇怪为何要建造那么多发射架，难道有多架火箭要同时发射吗？当然，他无须知道答案，他只是发动机样机的创造者，要造几艘宇宙飞船，谁登上宇宙飞船，飞往何处，这都是他不知道的事情，一切信息都被隔绝，都是保密的。

科研成果一经提交，学校立刻给他放了假，简直是强制休假。

毕业季到了，尽管瘟疫还未彻底结束，但校园里的树木都发了芽，鲜花都盛开了。校园突然间少了约束，学生们放飞自我，在宿舍里整宿喝酒打牌，也完全没人管，连宿舍楼长也请假了。

身心俱疲的汪若山，在校园里溜达，路过的学生和同事，对他纷纷侧目，议论着他。这也难怪，他没有了往日的精神矍铄，更没有了那份睿智，只剩下蓬乱的头发，衣衫不整，黑眼圈，眼睛里布满血丝，眼神里时而透出绝望和怨气，时而又麻木不仁。作为抗疫志愿者的他，没有因为参与了救人行动而使自己获得力量，反倒因为见证了太多生命的猝然陨落而让他的心情始终在低谷徘徊。

更何况，那个叫刘蓝的学生，前些天伴在他左右，据说还曾一起饮酒，后来不知怎的去了医院再没回来，不免让此前已经调侃他们关系的师生更加炸锅了。

奇怪的是，方校长倒不以为意，对此事闭口不提。

"若山，你精神状态不好，要保重身体。"

"我对此很抱歉。我的未婚妻失踪了。我想，这件事落在谁头上，恐怕精神状态都不会好。"

方校长同情地点点头。

"你和高帅的科研成果已经落实，你们出色地完成了任务，这份辛劳，大家都看到了。"方校长赞许道。

"高帅已经不在了。"

"据说，他会被追认为烈士。"

"嗯。"

"你必须好好休息！好好放一个长假吧。"

"我不想休息，我想继续教学。"

其实，他并不是有多喜爱学生，更不是热爱教育事业，他只是不想闲着，一旦闲着他就会去想阿玲。她在什么地方？她是死是活？这些问题盘旋在他脑海里，挥之不去。有事干，还能分心。无事可干，他只能想这些。

但是，学校依旧给他放了假，薪水不但照付，还给了他一大笔奖金。眼看着工资卡里那笔可观的收入，他一点也高兴不起来。

几天后，他便按捺不住了。

"我什么时候能复工呢？"汪若山问。

"你不是喜欢去山区吗？你去好了，去多久都行，我现在绝不拦着你。"方校长说，"我还会给你配一部越野车。需不需要我给你配一个向导？"

汪若山没有去山区，阿玲不在，山区便成了伤心地。

他自顾自地坐在城东的那座小山上，望着东边的那些巨型发射架发呆。他蓦然觉得，那好像是别人干的事，与他无关。

一阵清风吹过，他闻到了一股淡淡的香味，这是一款女士香水的味道，很特别，让他联想到了吃桑叶的蚕宝宝，是香甜可爱的植物的味道。他不去追踪这个味道的来源，依旧望着前方，心里空荡荡的。

"你打算让自己变成山顶上的一棵树吗？"一个声音说道。

显然，香水味的源头到了。

"要是能够成为山顶上的一棵树，那也不错。"汪若山喃喃道，"永远望着四周的景色，春夏秋冬，不带感情，没有伤痛。"

"最近好吗？"

"睡不着觉。好不容易睡着了，又会做不好的梦。睡下去的时候就想：不醒来多好。醒来后，我又烦躁地等着天黑。夜里真难熬。"

"唉，希望你能开心起来。我喜欢那个睿智乐观的你。"

"老天爷让恶人和善人一样受苦。只要活在这个世上，就要经历人生这场连续不断的战争。我们过的日子，就像雇佣兵的日子一样。"

"我知道你会痛苦，但是，我今天来是想让你知道真相的。"

汪若山听了这话，才缓缓转过头来，看向讲话的人。

那是刘蓝。

"什么真相？"汪若山木然地问道，他见到刘蓝没觉得惊讶，也没问她的身体好些了没有，只是就着话题聊下去。

但是汪若山发现眼前的刘蓝变了。这种变化很显著，倒不是五官和身形有什么变化，是气质变了，气场变了，虽然青春的模样没有变，但她完全不像个刚刚毕业的大学生了，倒像个饱经沧桑的人，好像经历了生活的某种磨砺，变成熟了，语气平和，神态淡淡的。

"关于你是谁，你从哪里来，要到哪里去的问题。"刘蓝说。

"那么，我是谁呢？"汪若山问。

"你是人类。"

"谢谢你告诉我，不然我还以为自己是个鬼。"

"人类，在这颗星球上，是少数的特殊群体。"

"少数的特殊群体？那多数是？"

"G581星人。"

"外星人？"

"其实，对这里的原住民来说，我们才是外星人。"

"我彻底糊涂了。"汪若山从那块他一直坐着的大石头上站起身来，他用手指着地上说，"那么，这里是哪儿？"

"G581星，当然，这是人类当初给它起的名字，在这里，不是这个名字，但这不是重点，重点是，我们都来自地球，而现在我们脚下是一颗距离地球20光年之遥的星球，是G581星。"

"G581星？那不是为了避免地球洪水，进行星际转移，我们选择的目的地吗？"

"没错，人类早已抵达目的地，脚下就是我们的目的地。"

"不可能！"

"这里没有月球，不是吗？"

"没有。"

"地球有月球，这里没有月球，你懂了吗？"

"我不想和你争辩了，你告诉我完整的信息，究竟是怎么回事？"

"说来话长。我完整讲一遍，你不必中途打断我的讲述，讲完了之后，你再向我提问题。"

"好。"汪若山做了一个深呼吸。

"我们所在的这颗星球,不是地球,而是'播种计划'的目的地G581星。而此刻,已经是'播种计划'宇宙飞船发射的1000年后。第一批播种孕育出来的人类,被称作'初代人',你是他们的后代,确切讲,你是第三代人类。G581星有土著人,极少数知情的人类把他们称作SD,虽然知道他们存在,但至今没人见过他们。SD一直潜藏在背后,他们最初发现来自地球的播种飞船的时候,十分惊讶,费了很大力气才基本搞懂了飞船里的那些信息。这些信息详细介绍了地球文明的成果,深入浅出,这也是为了方便'初代人'来学习的。另一些信息则揭露了飞船此行的目的。原来是地球即将遭遇灾难,一颗巨大的彗星会在若干年后撞击地球,使地球变成一片汪洋,人类可能会覆灭。灾难不可避免,但人类的火种还要传递,于是人类启动了'播种计划'。'播种计划'的技术关键就是反物质引擎,能够将宇宙飞船加速到光速的10%,这和旧的火箭推进器不是一个量级。于是,飞船飞到了G581星。人类真是可悲,一直寻找外星人,希望能够找到星际之间的友谊,多次尝试无果,却在无意间,以这样的方式与外星人相遇。SD发现播种飞船并加以研究,还撰写了一本名为《人类》的专著。这有点像"二战"结束后,美国人研究日本人的国民性,撰写了《菊与刀》。总之,这本书对人类的评价并不高,认为人类自私又好战。在得出这样的结论后,SD很恐慌,召开了长达一个月的会议,商议对策。他们认为,人类已经确知G581星是一颗宜居星球。从人类历史来看,欧洲人来到美洲,当地的印第安土著人可没什么好下场。人类的目的无疑就是侵占G581星。人类的科技水平高于SD,这将是G581星的灾难。明确了这个前提,SD认为需要在科技实力上奋起直追,在人类军舰抵达之日前,具备还击的能力。如何对付人类,SD分成保守派和激进派。保守派认为,可在本土设置圈套,使地球人自投罗网;激进派不支持本土作战,他们认为应当制造战舰开赴地球，趁地球人经受天灾比较虚弱的时候，将其扼杀在摇篮里。后来，激进派占了上风。然而，G581星的科技水平发展十分不均衡，拥有很高的生物科技水平，掌握了克隆技术和脑机接口技术，但在航空航天以及量子力学领域还没有摸清门道。于是，G581星人加大力度研究这艘播种飞船，这艘飞船几乎完整保存了人类的历史、科技、文化、艺术方面的信息。通过对这些信息的深入学习和研究，G581星的文明程度特别是科技方面开始有了较为均衡的发展，但量子力学领域一直未得开化。没有这个领域的支持，无法造出超高速宇宙飞船，G581星就会被锁死在原地，更谈不上进攻地球了。SD似乎在量子力学领域有个天花板，就像五音不全的人非要学习唱歌一样，不得要领。他们最终想到一个办法：由人类来研究量子力学。SD繁殖哺育了播种飞船上的人类受精卵，'初代人'诞生了，为了使这些人类乖乖就范，他们制造了地球'高原'的假象，建立了繁华的G城。高原上的人类繁衍生息，他们不知道自己只是被圈养起来的人类，更不知道自己所在的地方并非地球。为了增加人口数量，他们克隆了大量的人类，加上原本自然繁衍的人类，高原上的人口达到10万人之众。人数多起来后，社会属性开始发挥作用，人们有了不同的思想和派别。其中一派人崇尚回归自然，去山区生活。起初，SD对这些人很头疼，因为山区的人口越来越多，SD曾一度想把他们消灭掉，但担心这样做会造成信息泄露。看到山区的人自甘原始，似乎也无大碍，就渐渐放任不管了。后来的战争是SD始料不及的，他们没想到人类对权力和民族主义的渴求是无处不在的。而这些欲求必将导致战争。不过，现在战争结束了，尼鲁逃回深山。SD目前无暇顾及剿灭这股残存势力。星际舰队已经蓄势待发了，这是头等大事。对了，你此前提到的那个赵健，他是空气动力学家，你们两人的研究领域是隔绝的。他很早就发现了我刚才讲述的部分秘密，他曾想把这些秘密公之于众，甚至谋划起义，推翻SD的幕后统治。所以，他被SD追杀，在逃难中跌断双腿，最终被秘密杀害了。"

刘蓝一口气说了10分钟，说到这里停了下来。在她讲述的这段时间里，汪若山始终瞪大眼睛，如饥似渴地捕捉着这些惊人的信息。尽管他知道G城很奇怪，觉得背后藏着秘密，但他完全没想到竟然是如此惊人的秘密。

"你说完了？"汪若山问。

"说完了。"刘蓝的嗓子有些干涩，"但我知道你还有很多疑问。"

"你是怎么知道这些秘密的？"

"这需要解释另一个问题。建立高原后，如何管理高原是个让SD头疼的问题，他们最终的方案是SD隐匿在背后，让G城实现'人管人'。因为SD初步掌握了脑机接口技术，可以对部分人类实施操控，这种被操控的人类被称作'潜行者'。每一个'潜行者'背后，都有一个SD负责操控，这些'潜行者'如同提线木偶。"

"如果我没有猜错，你就是一个'潜行者'。"

"是的。"

"既然你被操控，怎么会和我说这些？"

"安置在我大脑里的脑机接口出现了故障，会偶尔断线，使我恢复自主意识。起初，断线往往只有一两秒钟，也不会引起我背后的SD的注意。后来，时间变长了，最长的一次，持续断线了5秒钟。这种断线，导致了自我意识和被操控意识之间的信息传递。我学会了两重意识和平相处，却不被SD发觉。上次咱们喝酒，那是我第一次喝酒，也许是在酒精的刺激下，脑机接口彻底脱钩了。"

"原来如此。让我猜一猜，还有哪些'潜行者'，市长是，方校长也是，还有丘贞……"

"你的洞察力惊人。还记得方校长坠湖吗？脑机接口技术还不够稳定，那是一次断线事故。G城大约有70名'潜行者'，主要集中在航空航天和量子力学领域。"

"你作为'潜行者'来到我身边，目的是什么呢？"

206

“敦促你完成反物质研究。方校长和我，一直在配合这件事。”

“阿玲是死了吗？”

“是的。”

汪若山心头涌上一阵刺痛和愤怒，失踪和死亡是截然不同的概念。但他压制住了爆发，他知道，现在说什么也没用。一方面，他的处境很不乐观；另一方面，人死不能复生。

“阿玲妨碍谁了吗？”汪若山追问道，“SD要置她于死地？”

“SD的评估是这样的。你会为了这个女人，放弃反物质研究。这是绝不允许发生的。因为这是不止一代人的努力成果，必须万无一失。”

“不止一代人？”

“你的父母也从事反物质研究。”

“他们很早就去世了。”

“对，去世的原因，也是因为反物质湮灭事故。你被选为继续从事这项工作，也是天赋使然。”

“足够冷酷。”汪若山感到自己由于愤慨致使面部肌肉抖动起来。

“最近，SD的计划受到了瘟疫的影响。原本在人类中间传播的鼠疫，居然在SD中间也开始传播。更确切地说，人类此次瘟疫基本上结束了，但SD那边才刚刚开始。背后操控着我的那个SD就感染鼠疫死了。最近SD正在争论，是先控制疫情，还是加速计划的实施。”

“我猜，他们会选择加速计划的实施。因为前往地球作战的，不会是SD，而是高原上可怜的人类。”汪若山苦笑着说，“荒诞，没有比这更荒诞的了。这就如同一个邪恶的养母训练并敦促孩子去杀害自己的亲生母亲！”

“这个计划，下个星期就会付诸实施。”

“你为什么告诉我这些？对你有什么好处？”

“对我没什么好处，甚至有害处。不过，现在你的利用价值已经被榨干了，SD对我也就没什么指派任务了。我曾经的任务，是成为你身边的那个女人，这是SD赋予我的职责。但是，当我清醒的时候，我也很清楚自己的感情。"

"什么感情？"

"我……我爱你！"刘蓝的语气，一直保持平和，在叙述那些残酷事实的时候，也没有波动，但在说出这三个字的时候，她的眼角滑落了一颗泪珠。

3

"我想去看大海。"汪若山望着西边的余晖说。

他蓦然间有一种彻底的了无牵挂，因为他的身份，他所处的环境，甚至他所在的星球，他无力做出任何改变。

他有一种失去一切之后的解脱感。

"我陪你去看大海。"刘蓝望着他说。

他们驾驶汽车，朝东部开去，路上没有行人，只有零星的警察。

一小时后，汽车在海边的防波堤旁停下来。乳白色的天空向各处投下淡淡的阴影。在他们身后远处的天空，飘浮着大片云朵，云朵被来自G城的夜景灯火映成了红色。

他们向警察出示证件，后者仔细端详了很久才放他们通过。

靠近防波堤，一股海藻的气味扑面而来，这意味着大海就在前面。接着，他们听见了涛声。

大海在防波堤的巨大基石脚下发出轻柔的声音，他们攀登大堤时，无垠的碧波展现在眼前，像丝绒般厚重，像兽毛般柔滑。他们在面对深海的岩石上坐下来。海水涨起来，再缓缓退下去。大海舒缓的起伏使海面时而波光粼粼，时而平稳如镜。

海面上空，是无边无际的夜。

这是汪若山第一次看见大海。不知为何，他突然不怕水了。

"据说，追根溯源，人类诞生自大海。"汪若山小声说着。他的手触摸着凹凸不平的岩石表面。

"那就去追根溯源吧。"刘蓝说着，朝海里走去。

岸边的汪若山呆住了。

刘蓝慢慢隐入海水。一开始，海水有点凉，等她再次钻出水面时，适应了水温，倒觉得海水是温热的了。游了一会儿之后，她蓦然感到，今晚的海水之所以是温热的，也许是因为她的心是热的。她以匀称的动作往前游着，双脚拍打水面，在她身后掀起白色的浪花，海水沿着她的双臂流下去，划过她修长的双腿。

不得不说，她游得太美了，与大海融为一体，就像童话里的美人鱼。

刘蓝听到背后传来一声很沉的"扑通"声，她知道，汪若山也终于按捺不住，下水了。

刘蓝翻转身体，平躺在水面上，一动不动，脸朝着群星璀璨的天空。她沉静地呼吸着，越来越清晰地听到海水的声音，这声音在寂静的夜晚显得格外温柔。

这一刻，一切都显得那么静谧，那么美好。假如，人生真的可以重新开始，可以没有那些阴差阳错的过往，没有那些伤痛，没有那些揉碎了的心，只有眼前的这一刻的安宁，那该多好。

但是，世上没有假如。

汪若山憋住一口气，一下子沉入了水中，下潜了好几米，在黑暗中，他突然看见了水面上出现了几个耀眼的亮斑，他不知亮斑源自何处。隔了几秒钟，一声沉闷而巨大的爆炸声灌入了他的耳朵。隔了两秒钟，又是两声巨响。他连忙从水中上浮，浮出水面时，他盯住了那个发光的方向，恰好又出现一次爆炸。他看清楚了，那是发射架，发射架上的宇宙飞船已经安装完毕，但是，它们爆炸了，赤色的火焰与浓烟混合在一起，升腾起来，形成蘑菇云。

不多时，海面上掀起了一股波浪，酷热的浪潮滚滚而来，汪若山觉得自己的头发都快要被燎着了，他连忙拉住呆呆地浮在水面上的刘蓝，将她按入水中。

翻滚着的海浪，将他们拖入了海水更深处。

4

让人难以相信的事件，但它的确是发生了。

那些巨大的发射架，一座接着一座爆破，一座接着一座倒塌。

经调查得知，这是尼鲁的报复行动，儿子死了，总要让敌人付出代价，尽管他的儿子其实是死于瘟疫。他的那支暗杀队被派上了用场，都是隐匿行刺的高手，甚至能够打入敌人内部，神不知鬼不觉地实施暗杀。不过，这一次，这些身手不凡的特殊军人，他们的目标不是人，而是那些太空军舰。

他的想法是，先毁掉敌人最先进的武器，然后再做下一步的打算。

没错，那支太空舰队的确安装了最先进的武器，但那些武器，不是用来对付尼鲁的，而是用来进攻20光年之遥的地球的。

旷日持久打造起来的太空舰队，还没离开地面，就在一片火海之中成为废物。

原本打造出高原这样的虚假世界，借人类之力研究并筹建太空舰队，开拔启程之际，又被人类毁掉了。

这件事被SD调查清楚后，他们一定会认为宇宙里没有比人类更加荒诞的物种了。他们对人类的大脑里究竟在想什么，可能更明了，也可能更迷茫。

SD也许会深深意识到，人类是不可防不可控的。

万幸的是汪若山和刘蓝都没有受伤。几天后，他们再次见面。

"挽救地球的居然是尼鲁？"汪若山苦笑道。

"你觉得应该是你？"刘蓝调侃道。

"至少，我是我自己故事里的主角。主角，总是要在关键时刻起关键作用的。谢谢我的人生大戏，让我知道自己是个废物。"

"你觉得，这是G581星和地球之间故事的结局吗？"

"绝不是！"

"接下来，SD会做何打算？"

"当然会推迟计划，但肯定不会终止计划。"

"你呢，怎么办？"

"我的处境很不乐观。一方面，我已经知晓他们的秘密，如果科研这一块还用得着我的话，我会被拘禁起来，在威逼利诱之下，继续为他们卖命，不就范就会吃苦头；另一方面，因为我已经把所有科研成果都如数交出了，他们也很可能用不着我，我变得可有可无。我知道他们的秘密，知道得太多，总是活不长久。"

"照你的说法，凶多吉少。"

"但我有第三条路。"

"什么？"

"做一个和平使者。"

"和平使者？"

"对。"

"地球和G581星之间的？"

"地球是我的精神家园，G581星是我出生和成长的地方。也许SD认同

'黑暗森林法则'，但他们不知道，人类还有另一面。"

"你是要去地球吗？"

"对，尼鲁做得不彻底，有一艘运输舰还完好无损，也许还能完成发射和飞行。运输舰没有安装武器系统，这也正好，我要传送的，是和平的信息。"

刘蓝愣在原地。一方面，她觉得这的确是一个契机，结束对抗，解救G581星上现存的人类，是好事；但另一方面，汪若山要去20光年之外的地球，这一别，恐怕就是天各一方了。

她想着想着，眼睛不觉湿润了，簌簌地落下泪来。

汪若山一心想着他的计划，他深深感到，这是他降生在G581星的意义所在，更是他余生的使命。因而，他竟也没注意到刘蓝眼里闪动的泪光。

他转身走掉了。

5

起初，汪若山找不到对接信息的人。后来，他找到了G城市长，那个SD的傀儡。

门卫不准他进去，但在通报之后，门卫换了一副嘴脸，相当殷勤地把他请了进去。

这是一间临时安置的市长办公室，比原先的那间宽敞明亮的办公室小了一半。

负伤的市长挂着一根拐杖，他的一条腿在政府大楼倒塌的时候，被石块砸断了。

作为一个出色的大学教师，汪若山并不缺乏慷慨陈词的能力，在完成了大约10分钟充分的表达之后，市长把那条缠着固定板的腿放在了座椅前面的一个支架上，然后用拐杖指了指左侧的皮沙发，示意他坐下来说话。

"地球人凭什么听你的呢？"市长的语气，好像在问最后一个问题。

"1977年，人类发射了'旅行者1号'探测器，目的是与外星文明交朋友。"

"那是在地球还没有遭受灾难的时候。"

"有难的人，不更需要朋友的帮助吗？"

市长陷入沉思。

"我相信，宇宙终极文明，一定是建立在'爱'的基础之上的。如果某个文明还没有力图践行'爱'的话，那一定是落后的文明。物质世界固然是客观存在，但物质世界也是被宇宙中各个文明所感知和定义出来的。意识反作用于物质世界。浩瀚无边的宇宙，物质世界和精神世界二者相辅相成、相互作用。我们为什么不能去寻求和平呢？战争是解决争端的唯一方法吗？地球人发射播种飞船，是为了求救，不是为了侵略。我作为一个人类，虽然没有生长在地球上，但我天然对那里有着'爱'。我相信，纵然人类有愚蠢的时刻，但你不能不给他们希望。"

"大道理我已经听见了。"市长从支架上放下了那条腿，"还有什么不得不的理由？"

"你了解现在的地球吗？"汪若山问。

"不了解。"

"现在，距离发射播种飞船已经过去了1000多年。"

"所以呢？"

"人类科技的发展是呈现加速度的。从19世纪到21世纪，人类取得的科技成就非常惊人，比过去几千年加起来还要多得多。从G581星建立高原以来，不足百年，这里的人类就已经在航空航天和量子物理领域取得了很高的成就。那么，我们可以推测，纵然地球遭遇了灾难，但我相信他们具有顽强的生命力，愈挫愈勇。恐怕现在你真要去攻击地球，却是拿鸡蛋碰石头。"

"哈哈哈哈……"市长大笑起来。

"我说的哪一点让您发笑？"汪若山不明就里。

"你先回去吧！"市长说，"等候消息。"

走出市长办公室大门，汪若山觉得自己这一次的说服工作失败了。

但他所不知道的是，瘟疫在SD中间已经达到了十分猖獗的程度，SD内部出现了混乱，根本无暇顾及重启进攻地球的计划。保守派占了上风，他们建议由身在G581星的人类充当探子，去勘察地球目前的状况，再来决定是否发动战争，只不过他们还没有选出那个恰当的人类。

汪若山的自告奋勇，解决了人选问题。

6

运输舰发射升空之后，汪若山在舷窗里看到了G581星的全貌。高原的外围被一圈水域包围着，水域的宽度大约为100到200千米，那便是人们想象中的大海，越过这一圈的水域，是辽阔的大陆。G581星真是一颗缺水的行星，陆地和水域的比例几乎相当，不像地球上大部分为海水所覆盖。

安装了反物质引擎的运输舰，即便以10%的光速航行，也需要至少200年才能抵达地球，所以启程后不久，汪若山就需要进入冬眠仓，待飞船接近地球时再被唤醒。

SD对汪若山开启了播种飞船里的所有资料。在进入冬眠仓之前，他认真查阅着资料。赵健画在山洞里的太阳系图，印入他的脑海。

他想到了月球。正是因为月球，才使他对周遭的环境产生了怀疑。月球就像一盏明灯，虽然没有见过，但给他指明了道路。资料里还有一首唐代诗人李白的诗歌：举头望明月，低头思故乡。

那是一种怎样的情愫？

月球是地球的伴侣，她环绕着他，他们紧紧相依。不知怎的，那个画面，使汪若山深为感动。

资料里还描述了月球的形成。

在地球刚形成的时候，地球轨道上还有另外一颗行星。这颗行星和火星差不多大，它和原始地球都在绕着太阳旋转，但它们之间的距离却越来越接近，最后终于相撞。这次剧烈的撞击，把两颗行星撞碎了，大量碎片被抛向太空。后来，这些抛出的碎片在引力作用下又重新聚在一起，进行了再次分配，终于形成后来的地球和月球。人类给那颗撞击原始地球的行星起了个名字：提亚。在神话中，她是月亮女神的母亲。

汪若山想象着提亚所做出的牺牲，不难发现，人类中间总有些深情的人愿意去相信这样美好的故事。

他联想到了自己的父母，没有上一辈人在反物质领域做出的牺牲，也就难有他在这个领域的继承和突破，更谈不上他能有机会回到地球。

他想到了高帅，那个玩世不恭但关键时刻得力的好搭档，一起攻坚克难，付出良多，却没有机会一起见证地球。

汪若山已经躺进冬眠仓了，白色的箱体里有维生液体，液体是温热的，在肌肤之间流动着。

在按下启动键之前，他想到了阿玲，那个因他而死的爱人，他的心愈加沉痛起来。

飞船启程的时候，万众瞩目，发射架高高耸立，远处的人密密麻麻，都在紧张观看。

人群中有一个姑娘，她很美丽，有着一双动人的大眼睛，她与其他人挤在一起，遥望着熠熠生辉的运输舰，眼睛里闪动着泪花。现场许多人都落泪了，但她的泪水有着特殊的含义。她的名字，叫作刘蓝。

汪若山终于按下了启动键，渐渐地，一股困意袭来。

地球还在远方，1000多年后的地球，究竟是何面貌？是化为废墟还是转危为安？汪若山不知道。

在闭上眼睛的那一刻，他坚信，明天会比今天更好。

（全文完）

后记

我相信每一位能看到这里的读者，不管您对这部小说的评价如何，至少都是被这个故事吸引并坚持看完的，所以，我很荣幸在这里遇见我和张旭老师的知音。我是本书的第二作者汪诘。我的第一专业是撰写科普文章，写科幻小说则是我的第二专业。

我想给你简单介绍一下这部小说是怎么出炉的，为什么会有第一和第二作者。

2014年的某一天晚上，我做了一个梦，梦见地球被一颗小行星撞击后几乎毁灭，宇宙飞船带着人类的基因踏上了飞向外太阳系的征程。经过数百光年的漫长征程，飞船终于降落在了一颗宜居行星，幸存的人类在这颗星球上重建人类文明。梦醒之后，我就生出了一个念头，想以此为题材创作一部长篇科幻小说。

这似乎并不算一个新颖的科幻题材，例如王晋康老师的《水星播种》也是一个在外星球上重建文明的故事。但我觉得，对于科幻小说来说，大题材相同是很正常的事情，几乎所有的科幻小说都可以归属于为数不多的几种大题材下。比题材更重要的是讲故事的方式和故事中的人物、情节。

在接下来的几天中，我都醉心于如何把这个故事的结构安排得更精巧，让它呈现出更丰富的悬念和反转。同时，作为一名科普作家，我也有责任让这个故事尽可能不违背已知的科学定律，并且逻辑自洽。差不多用了一周的时间，我写完了这个故事的梗概。然后，我摩拳擦掌，准备正式开始创作小说。

写一部长篇小说很难利用碎片化的时间来完成，因此，我需要一段完整的几乎不受打扰的时间。但很遗憾，我在写完了小说梗概之后，就一直没能规划出这样一段时间，总是有更重要的事情需要做。于是，这篇小说的梗概就这么存在我电脑中。一天又一天，但我始终没有忘记，因为我自己很喜欢这个故事的框架。

就这样，从2014年一直拖到了2019年，我认识了张旭老师。我俩一见如故，互赠作品，聊起科幻小说和科幻影视剧非常投机。有一天，张旭说他会有一段相对比较空闲的时间，想创作一部长篇科幻小说，而且是那种非常适合改编成科幻影视的题材，但一直没找到一个好的"故事核"。我突然心念一动，想起了我五年前写的那个故事梗概。我对张旭说："我有一个好故事，就是实在没时间写出来，而你刚好相反，现在有时间，但缺一个好故事。这样吧，你先看看我这个故事如何？"

张旭看完我的故事梗概后，很快就给了我回应，他说非常喜欢这个故事核，叙事结构很新颖，不从地球开始讲起，而是直接从外星球开始讲起，还不断地有悬念和反转，题材也特别适合影视改编。

我说那不如我们合作吧，你来执笔，我负责给你打下手，我们把这个故事从一个梗概变成一部完整的小说吧。张旭很高兴地接受了我这个建议。

就这样，张旭用了大半年的时间，经过几轮修改，最终完成了这部小说。不过，我必须惭愧地承认，我对这部小说的贡献度远远不及张旭老师。可以说，我只是提供了一个骨架，而所有的血肉都是张旭填满的。

但不管怎么说，我很高兴看到自己在六年前的一个梦变成了今天这样一本装帧设计精美、拿在手中墨香扑鼻的纸书。当然，更要感谢北京时代华文书局的高磊老师，是她慧眼识珠才有了今天这本书。我和张旭还有一个更大的野心，希望能将这个故事搬上荧幕，这是一个非常适合影视改编的科幻故事。

这就是《高原》背后的故事，是为后记。

汪诘

2020年10月5日，于上海莘庄